UM ENCONTRO COM SÓCRATES

Haris Papadopoulos & Giannis Manalis

UM ENCONTRO COM SÓCRATES

Tradução de
Eurico Fortunato

1ª edição

BERTRAND BRASIL
Rio de Janeiro | 2024

CIP-BRASIL. CATALOGAÇÃO NA PUBLICAÇÃO
SINDICATO NACIONAL DOS EDITORES DE LIVROS, RJ

P229e Papadopoulos, Haris
Um encontro com Sócrates / Haris Papadopoulos, Giannis Manalis ; tradução Eurico Fortunato. - 1. ed. Rio de Janeiro : Bertrand Brasil, 2024.

Tradução de: Μια συνάντηση με τον Σωκράτη
ISBN 978-65-5838-353-6

1. Ficção grega. I. Manalis, Giannis. II. Fortunato, Eurico. II. Título.

CDD: 889.3
24-94442 CDU: 82-3(495)

Meri Gleice Rodrigues de Souza - Bibliotecária - CRB-7/6439

Título original: Μια συνάντηση με τον Σωκράτη; publicado em inglês com o título An afternoon with Socrates.

Texto revisado segundo o Acordo Ortográfico da Língua Portuguesa de 1990.

EDITORA BERTRAND BRASIL LTDA.
Rua Argentina, 171 — 3º andar — São Cristóvão
20921-380 — Rio de Janeiro — RJ
Tel.: (21) 2585-2000,
que se reserva a propriedade literária desta tradução.

Seja um leitor preferencial.
Cadastre-se no site www.record.com.br
e receba informações sobre nossos
lançamentos e nossas promoções.

Atendimento e venda direta ao leitor:
sac@record.com.br

Dedicado

A todos os membros dos grupos de autoconhecimento
e desenvolvimento pessoal SLIMMER,
que foram professores para nós;

Ao pai de Haris, Dimitris Papadopoulos;

Ao nosso editor, Giannis Faldamis;

Ao fundador da Apple, Steve Jobs.

Um percurso repetido

Atenas, sábado, 25 de fevereiro de 2017

Mais uma tarde.

Mais um percurso.

O mesmo que, nos últimos dois anos, Haris repetia diariamente.

Da casa de seus pais em Thisio até o café de esquina, no cruzamento entre as ruas Éolo e Metrópole, no centro de Atenas.

Era aí que esse homem de 42 anos passava todas as suas tardes.

Esse lugar significava muito para ele. Era a sua janela de comunicação com o mundo exterior. Ao mesmo tempo, sentia que ali era possível manter um contato — ainda que rudimentar — com seu passado profissional.

Haris estava desempregado havia quase quatro anos, desde que o jornal em que trabalhou por quinze anos encerrou as atividades.

A partir do dia em que foi demitido, o equilíbrio de sua vida começou a ser abalado. A primeira coisa que fez foi voltar-se para amigos e conhecidos. Mandava currículos para tudo que era lado, tentando conseguir uma entrevista de emprego. Pensou que poderia voltar a mostrar seu valor profissional. Era nisso que ele acreditava.

Ao menos no começo. Porque, conforme o tempo ia passando, suas esperanças de que logo encontraria um emprego estável evaporaram uma a uma.

Nesse meio-tempo, as dificuldades financeiras que enfrentava se tornavam cada vez mais urgentes, o que afetou seu frágil estado psicológico.

Haris sentia que dia após dia perdia a si mesmo. A imagem do homem dinâmico com tantos projetos e com tanta perspectiva de futuro começava a se desvanecer diante de seus olhos. E também começaram a se extinguir nele o entusiasmo pela vida, o senso de humor e o otimismo.

A situação se agravou com a dissolução do seu casamento, que acabou acontecendo cerca de um ano depois, e que lhe custou muito caro. Dessa união, Haris teve um filho, agora com seis anos. No entanto, não viviam juntos.

O pequeno ficava com a mãe, enquanto Haris, sentindo-se pessoalmente derrotado e financeiramente fragilizado, tinha sido forçado, dois anos antes, a recorrer à única solução que via diante de si: voltar para a casa dos pais…

Não era uma decisão fácil, mas ele pensava não ter outra escolha.

Haris foi morar novamente na casa paterna. Sentia-se pressionado, mas não admitia. Afinal, era uma decisão forçada, mas também uma escolha pessoal.

E, apesar de ser um homem que teoricamente estava no auge, sentia-se inútil. Sentia como se não houvesse mais estabilidade em sua vida.

A dissolução do casamento com a mulher por quem ele havia se apaixonado com tanta intensidade acabou magoando-o muito mais do que ele permitia que os outros percebessem.

A partir de então, não teve mais nenhuma relação duradoura. Todos os seus encontros amorosos eram fugazes. Claro que, vivendo na casa da família, ele cuidou de manter sua vida pessoal do lado de fora.

Afinal, ele era um hóspede de seus pais, que tinham a própria rotina exigente.

Por anos, seu pai vinha sofrendo de um grave problema de saúde, o que o deixou acamado nos últimos meses.

Quanto à mãe, a vida dela girava exclusivamente em torno dos cuidados com o marido.

Ao lado dela, estava sempre a irmã de Haris, dois anos mais nova do que ele, que jamais tinha saído da casa dos pais.

Um cotidiano repetitivo

Desde o dia em que Haris voltou para a casa da família a vida dele seguia um ritmo monótono.

Dormia tarde da noite ou de manhã cedo — dependendo da perspectiva de cada um. Para ele, não importava. Acordava, de qualquer forma, pouco antes do meio-dia. Tomava banho, bebia um café, comia algo e saía.

Não conseguia permanecer nos estreitos limites da casa durante o dia. Principalmente durante as horas em que, por tantos anos, tinha se habituado a ser produtivo num ambiente de trabalho. Precisava sair de qualquer maneira. Era vital para ele encontrar uma saída.

Por isso, todos os dias, no início da tarde, colocava o laptop na mochila e ia para aquele café que, desde a primeira vez em que o visitara, havia se tornado seu point.

Todas as tardes, Haris estava lá. Pedia sempre um cappuccino grande em um copo de papel, que custava 1,50 euro. Sentava-se à sua mesinha preferida, junto da janela. Ligava o computador e passava horas estudando e escrevendo.

Colaborava eventualmente com diversos sites de notícias, enviando seus textos. O dinheiro, porém, era incerto e, quando vinha, não era suficiente.

Paralelamente, é claro, Haris continuava tentando encontrar algo melhor. Um emprego que lhe permitisse sair do buraco em que estava e tornar-se independente. Um emprego que certificasse seu valor, do qual ele mesmo começava a duvidar.

Haris ficava naquele ambiente durante horas. Às vezes, pedia um segundo café. Assim que escurecia, tomava o caminho de volta para a casa dos pais. E mais um dia tinha se passado.

Era assim que o tempo passava para ele. Sem que nada mudasse para melhor.

A percepção do abandono

Aquele sábado de fevereiro não foi diferente dos outros dias. Assim como em todas as tardes, Haris visitou o mesmo café. Aquilo era, afinal de contas, parte indissociável de sua rotina. A parte mais confortável dela.

Enquanto dava goles na bebida quente, dirigiu-se à sua mesinha. Pousou o copo que segurava e colocou a bolsa do laptop ao seu lado.

Antes, porém, que pudesse retirar o computador da bolsa, ouviu o celular tocar. Olhou rapidamente para a tela e atendeu. A voz da irmã soou trêmula.

— O que aconteceu? — perguntou a ela com agonia.

— É o papai... — Foi só o que a irmã conseguiu sussurrar, incapaz de completar a frase.

— O que houve com o papai?

— Haris… — disse ela, tentando vencer os soluços que lhe subiam à garganta e a sufocavam — o papai… o papai morreu…

Haris sentiu algo se quebrar dentro de si. Algo tinha efetivamente acabado, irreversivelmente, levando para sempre um pedaço seu.

Quando desligou o telefone, teve a sensação de estar desconectado de tudo e de todos. Olhou apaticamente ao redor. Era como se visse pela primeira vez aquele local que lhe era tão familiar.

Foi tomado por uma necessidade de sair... Não sabia para onde ir. Só sabia que era importante sair, naquele momento, do lugar que até poucos instantes atrás era seu refúgio.

Ouvia as vozes dos que estavam ao redor, que chegavam como murmúrios incompreensíveis, e ele se sentiu completamente deslocado. Sentia-se sozinho. Era uma solidão ainda desconhecida.

Tão profunda…

Tão sofrida…

Era um abandono…

Não queria ouvir ninguém. Não queria falar com ninguém. Queira apenas se afastar. De todos e de tudo.

Pôs rapidamente a mochila no ombro, pegou o copo de café e saiu. Seus movimentos eram espasmódicos, abruptos. Quase como reflexos.

Começou a subir a rua Éolo, sem saber aonde ia. Sem ter direção definida. Depois de algum tempo, lágrimas rolaram por seu rosto.

Haris continuava a andar por entre as pessoas, sem vê-las de verdade. Seu olhar já não refletia mais os outros, somente a si mesmo. Seus pensamentos. Seus sentimentos.

O fim do caminho

Seus passos o levaram ao fim da rua.

A um outro fim…

Parou um pouco, percebendo que tinha chegado à Torre dos Ventos, o monumento de mármore no qual, em cada um dos oito lados, estava representada a deidade de cada um dos ventos básicos.

Haris se sentia despedaçado por dentro. Sentia que as suas forças o tinham abandonado. Não suportava mais continuar.

Dirigiu-se ao edifício neoclássico do outro lado da rua e, depois de fechar o zíper da jaqueta que vestia, sentou-se nos degraus da entrada. Pôs os seus pertences ao lado. Tomou um gole do café.

Sem perceber, elevou o olhar e observou à sua frente um pedaço intacto do antigo mundo grego. A Torre dos Ventos era a mais antiga estação meteorológica do

Ocidente, e tinha sido erguida ao pé do flanco norte da Acrópole de Atenas.

À sua esquerda, ficava a imponente vista do monumento do Partenon, enquanto à sua direita se estendia a antiga Ágora Romana.

Era como se o tempo tivesse escolhido parar exatamente naquele momento. Os pensamentos de Haris misturavam-se com seus sentimentos e tornavam-se um emaranhado confuso. Tentava pensar com clareza, mas sentia-se sufocado pelos próprios sentimentos.

A perda repentina do pai era, para Haris, como se o "odre de Éolo"* tivesse sido aberto, confrontando-o com suas feridas.

Começou, então, a refletir sobre a vida.

Perguntava-se como tinha chegado a esse ponto. *Por que não podia escapar dessa situação em que vivia nos últimos anos e que, com a perda do pai, iria se tornar ainda mais difícil?*

Não. Ele não podia mais viver assim. Não aguentaria continuar vivendo assim. Mas o que poderia fazer?

Nos últimos quatro anos, a única coisa que conseguiu foi trabalhar ocasionalmente em alguns sites de notícias. Nada mais.

---

* "odre (ou saco) de Éolo", ou seja, saco dos ventos de Éolo, é uma expressão idiomática alusiva a um episódio da *Odisseia* (canto X), usada para referir-se a uma situação ruim e irreversível. (N.T.)

Sentia-se um fracasso e profundamente desiludido consigo mesmo.

"POR QUÊ?"

Esse "por quê?", persistentemente não respondido, fazia-o sangrar por dentro. Haris procurava desesperadamente uma resposta.

Precisava dela para seguir em frente.

Tudo o que sabia era que ele era o único responsável por não conseguir sair do buraco em que se encontrava nos últimos quatro anos. Não costumava, afinal, transferir suas responsabilidades pessoais, buscando desculpas esfarrapadas para o que lhe acontecia. Trabalhou bastante consigo mesmo, pelo menos para ter a coragem de admitir isso.

Seguramente estou fazendo algo de errado, e continuo a fazê-lo, repetia para si mesmo. *Mas o quê?*

— O quê? — perguntou em voz alta, em desespero, exigindo, dessa vez, uma resposta.

Não aguentava mais.

Viagem à Atenas antiga

Haris apoiou a cabeça na parede de mármore da entrada do prédio.

Sentia-se destruído. Não queria pensar. Não tinha mais ânimo para pensar. Se pudesse escapar ao menos por um instante daquele autocontrole sufocante, que só lhe permitia dar voltas incessantes em torno de seu impasse...

Haris então sentiu uma incontornável necessidade de desistir. Simplesmente desistir. Era uma necessidade radical da sua própria alma: desistir.

Seu olhar estava preso à visão que se descortinava diante dele. O rochedo sagrado da Acrópole e, no cume, o impressionante monumento do Partenon.

Em certo momento, suas pálpebras pesaram. Seus olhos fecharam. Continuava, porém, visualizando a imagem que o fazia se perguntar:

Como teria sido viver na antiga Atenas?

Ao imaginar o período em que Atenas conheceu seu auge, com um florescimento sem precedentes do pensamento filosófico, das artes e das ciências, o questionamento em sua mente se tornava ainda mais específico.

Como teria sido viver no Século de Ouro de Péricles?

A sugestão dessa pergunta silenciosa gerou nele uma intensa sensação de euforia que conseguiu afastá-lo das trevas que envolviam seus pensamentos.

Como teria sido, para mim, viver naquela época?

Ele se perguntava com uma disposição entusiasmada que chegava a contrastar com a imagem de profunda tristeza e desesperança que o seu rosto apresentava havia poucos instantes.

Estranhamente, esse questionamento que ele se fez transformou-se em um desejo intenso, incontível e nítido que parecia surgir de uma necessidade interior primordial.

Como eu queria ter vivido na Atenas antiga, no Século de Ouro de Péricles!

Naquele exato momento, houve uma sintonia absoluta entre o pensamento de Haris e seu desejo tão pujante.

De repente, nada mais importava.

Começou, então, a ser tomado por um relaxamento inesperado. Essa sensação era incrivelmente libertadora e ficava cada vez mais intensa.

Haris sentiu o coração tornar-se o núcleo, o centro de sua existência. Sentiu seu coração se abrir e jorrar de dentro de si uma luz brilhante, límpida e vívida. Era como se brilhasse dentro dele um sol com infinitos raios, emitindo uma luz resplandecente.

O mais impressionante era que cada raio desse sol abria um caminho diante dele. Cada um desses caminhos levava a um mundo diferente — imerso em luz cristalina — que se projetava à frente de Haris de forma etérea.

Sem se dar conta, Haris sentiu-se impelido a seguir o caminho iluminado para onde seu desejo o conduzia. Começou a percorrer o caminho. Em torno de si, conservava silêncio absoluto. Era, porém, um silêncio agradável. Havia uma serenidade penetrante que o tocava por dentro.

Haris continuou a percorrer o caminho banhado por luz. Naquele momento, sentiu uma segurança interior infinita que o encheu de força. Nenhum pensamento perturbador o preocupava.

Assim que chegou ao fim do caminho, viu-se em um lugar muito verde, cheio de árvores e arbustos. Ele se sentiu tomado por uma alegria sem igual. Foi envolvido por uma luz que, no entanto, não o cegava: emanava uma aura divina.

Haris não sabia onde se encontrava exatamente. Mesmo assim, não se preocupava. Sentia tranquilidade. Voltou o olhar para cima e viu o céu muito azul. Ainda que o sol parecesse já ter iniciado sua jornada para o ocidente, seu brilho continuava a propagar uma onda de calor suave.

Haris sentiu essa onda pelo corpo. *Sem dúvida, é a tarde de um dia de verão*, pensou.

Tirou a jaqueta que vestia e a amarrou na cintura. Imediatamente depois começou a olhar em volta de si, numa tentativa de entender onde estava.

Pelo que conseguia ver, bem perto dali havia um núcleo urbano desenvolvido e densamente ocupado por construções. Era certamente uma cidade. Não parecia, porém, ser compatível com a ideia de uma cidade grande e moderna que Haris tinha em mente. Suas características urbanas pareciam simples. Os prédios eram baixos.

Quando Haris se virou, seu olhar se fixou de repente. Foi capturado pela imagem que viu. Ficou estupefato. O que ele encontrou foi tão surpreendente e, ao mesmo tempo, tão grandioso que seus olhos demoraram algum tempo para se familiarizar com o que viam.

A identidade daquele lugar específico se revelava diante dele e, evidentemente, de uma maneira bem im ponente.

Haris finalmente sabia onde estava.

Na Acrópole de Atenas

Diante dele, erguia-se o rochedo sagrado da Acrópole de Atenas. Não estava, contudo, da forma como Haris havia se acostumado a vê-la por toda a sua vida. Dessa vez, estava rodeada por uma impressionante muralha.

No alto da rocha da Acrópole erguiam-se vários templos antigos. Alguns menores, outros maiores. No ponto mais imponente, é claro, estava o Partenon.

Haris sentiu-se arrebatado pela imagem tão emblemática do templo como era no passado, novo e em perfeito estado — tão diferente do que estava acostumado a ver —, e não sabia explicar o motivo, mas a imagem lhe era muito familiar

Os raios de sol incidiam agora sobre as colunas de mármore branco, dando-lhes um brilho cintilante que parecia quase irreal.

O mais impressionante, porém, eram as cores vívidas que Haris encontrava nos relevos dos frisos e do frontão: o marrom dourado, o vermelho, o verde, o azul-claro, o anil...

Ele nunca tinha pensado na imagem do Partenon com combinações tão intensas e harmoniosas de cores em sua complexa decoração escultórica. Era uma conjunção de arquitetura e alta estética.

Antes mesmo, pois, de seus olhos terem tempo de captar essa imagem tão fascinante, ele foi confrontado com outra visão deslumbrante. Diante dos olhos de Haris, erguia-se uma colossal estátua de bronze que representava a padroeira da cidade, a deusa Atena.

Sua aparência era majestosa e soberana.

Armada, portando seu elmo, e, às mãos, escudo e lança, parecia guardar não somente o rochedo sagrado da Acrópole, mas toda a cidade de Atenas.

Haris lembrou então que havia lido certa vez sobre essa estátua. E agora podia vê-la. Parecia inacreditável. Ainda assim, era isso mesmo. Tratava-se da estátua de Atena Prômacos — a que luta em prol da cidade de Atenas —, que foi construída usando parte do espólio da Batalha de Maratona. Era obra de Fídias e, como havia lido, causava assombro em todos os que a viam. Agora o próprio Haris também experimentava esse sentimento de assombro.

Levantou os olhos para conseguir observá-la, pois a altura da estátua era impressionante. Como Haris tinha lido, tanto a ponta da lança quanto o penacho do elmo da deusa Atena podiam ser contemplados até de Súnio.

Quando a luz do sol incidia sobre a estátua, produzia um brilho contínuo que se irradiava. Haris estava estupefato. Não sabia para onde olhar. Não podia crer no que vivenciava naquele momento.

Então, era assim o Partenon séculos atrás?, começou a questionar. *Essa era a famosa estátua de Atena Prômacos?*

Naquele instante passou pela sua cabeça um pensamento curioso. Se ele podia contemplar agora essa vista da Acrópole, se ele tinha a possibilidade de encontrar-se diante dessa imagem tão impressionante do Partenon, isso significava que...

Por incrível que parecesse e de uma forma que ele não conseguia explicar, encontrava-se na Atenas antiga e certamente no Século de Ouro de Péricles!

A reflexão que acabava de fazer provocou em seu corpo uma onda de indescritível entusiasmo, acompanhada, contudo, de um monte de dúvidas. Seria possível que o que era até então um desejo não realizado pudesse agora acontecer de fato?

Haris não entendia como fora parar ali. Não podia explicar; sentia-se, no entanto, extraordinário... Experimentava uma sensação de bem-estar que jamais sentira antes. Nunca em sua memória tinha se sentido tão livre, tão contente e, ao mesmo tempo, tão seguro! Pode ser que pareça paradoxal, mas ele sentia como se pertencesse àquilo ali.

Àquele lugar...

Dentro de si, sentia-se leve, como se não pisasse no chão. Sentia-se plenamente vivo. Seus olhos nadavam em meio a um mar de entusiasmo, tentando absorver o máximo de imagens possível. Abriu, então, os olhos e, assim, despertou para o que vivia naquele momento. Entregou-se àquilo. Aproveitou todos os instantes.

Um mundo cheio de cores

Um mundo inteiro revelou-se diante dos olhos de Haris. Um mundo cheio de luz, que exalava vida. Um mundo cheio de cores...

Por todo lado havia gente. Jovens, mais velhos... Uns estavam parados, outros caminhavam. Pessoas que falavam alto, que se expressavam com desenvoltura, que riam.

Haris começou então a notar que, embora ele visse todas essas pessoas, ele parecia passar despercebido.

Isso lhe proporcionava uma liberdade a mais. Podia voltar seus olhos para qualquer lugar que quisesse, sem ter a sensação de estar sendo indiscreto.

Começou, então, a observar as pessoas. Enquanto as olhava, sentiu uma intensa familiaridade com o que via.

Talvez porque a sociabilidade e a extroversão que encontrava ali não lhe fossem desconhecidas. Eram uma parte autêntica de sua própria identidade, ainda que, nos últimos anos, essa parte estivesse oculta em algum recôndito de suas profundezas.

No entanto, o que mais o impressionou ao observar aquela gente foram a variedade e a intensidade das cores em suas roupas. Isso porque, por alguma razão, Haris sempre havia imaginado todos na Antiguidade vestidos de branco. Mas a profusão de cores que encontrou ali frustrou essa expectativa.

Para além do branco, havia uma variada paleta de cores, como vermelho-escuro, castanho, azul-claro, verde, nos tecidos que eram usados nas túnicas, nos mantos e nas clâmides que as pessoas vestiam. Alguns desses tecidos continham adornos, testemunhando assim a importância da estética no dia a dia daquela gente.

Aos poucos, Haris começou a olhar com atenção os elementos do cenário que se abria diante dele, concentrando-se nas figuras humanas. O primeiro pensamento que lhe passou pela cabeça foi que moderação deveria, de fato, fazer parte da vida na antiga Atenas, pois ela se revelava até na forma física das pessoas.

O que também o impressionou foi o dinamismo dos jovens, que conferiam ao ambiente uma energia especial e viva. Pareciam tão livres, indomáveis. Demonstravam viver cada momento com toda a intensidade e o dinamismo da juventude.

À medida que os observava, ele começou a definir em seu pensamento o sentido da beleza juvenil na Antiguidade. Refletia, então, que ela não se limitava somente ao vigor da juventude e a eventuais características físicas harmônicas, mas sobretudo ao desenvolvimento de um corpo saudável e robusto, que acompanhava um intenso senso de vida.

Era evidente o papel que o exercício físico sistemático desempenhava no cotidiano dos jovens e sua contribuição para a constituição de um corpo atlético que exalava saúde, vigor, bem-estar e poderosa vivacidade.

Desse modo, pensava agora Haris, *o valor e o respeito que os antigos gregos davam ao corpo era algo evidente.*

Haris continuou a olhar em volta com o mesmo entusiasmo insaciável. Não sabia para onde direcionar sua atenção. Diante dele havia um mundo impressionante, tão distante, mas, ao mesmo tempo, tão próximo, que ele ansiava por explorá-lo. Sentia-se literalmente como uma criança que de repente foi parar em um lugar repleto de presentes com embrulhos deslumbrantes, todos para ela, sem saber qual abrir primeiro. O desejo de observar, de ver, de aprender mais sobre o cotidiano dessas pessoas que eram seus antepassados era muito forte.

Mas não só sobre os seus antepassados.

Porque esses homens representavam um período histórico que ultrapassava em muito os limites de um espaço, de uma cidade, de um estado... Representavam toda uma época em que se forjaram princípios e valores de alcance universal, dando forma a uma cultura que influenciou definitivamente o mundo moderno.

Essa reflexão provocou sentimentos ainda mais intensos em Haris. Ele percebeu que toda essa experiência que vivia naquele momento era única. Por isso, também queria vivê-la no mais alto grau.

Para tornar-se, ele mesmo, parte dela.

O mestre Sócrates

Enquanto Haris olhava em volta, notou que perto de onde se encontrava havia um grupo de pessoas — para ser mais exato, de homens — que seguiam rumo ao oeste da Acrópole.

Sem hesitar, decidiu dirigir-se também para aquela direção. Acompanhou os que já caminhavam. A paisagem era muito verde, havia árvores como oliveiras e pinheiros, além de arbustos dispersos. A luz do sol brincava vivamente em meio às folhagens.

Haris andava na mesma direção que os demais, sem saber exatamente para onde ia. Num certo momento, porém, notou que alguns desses homens que estavam à frente afastavam-se do grupo maior e seguiam uma determinada trilha. O que o impressionou foi o fato de todos eles serem jovens.

Suas vozes estrondosas rasgavam o ar. Seus risos retumbantes, as brincadeiras recíprocas revelavam um sentimento predominantemente de camaradagem, de amizade entre eles. Os passos firmes sobre o chão de terra batida imprimiam naquele solo o próprio pulsar da juventude.

Haris se aproximou mais. Parecia inacreditável, mas agora sentia como se ele próprio fosse um deles. Era um deles. Começou a andar com eles. Seguiu a mesma direção. Até que chegaram embaixo de um grande pinheiro.

Então pararam. Haris também parou. Aquele pinheiro logo chamou sua atenção. Não era como todos os outros pinheiros ao redor. O crescimento dos ramos era tal que esboçava uma sombra de dimensão imponente. Sua copa formada das típicas folhas agudas fazia-o parecer inviolável pelos vívidos raios do sol. Algumas pessoas, é claro, já desfrutavam de sua sombra.

Haris observou, então, que todos ali eram jovens. Todos, exceto um. Era um homem de idade avançada que estava sentado sobre uma pedra larga, e ao lado dele havia um bastão de madeira.

Haris analisou aquele homem. Talvez fosse o contraste entre a maturidade dele e a juventude ao redor que o impressionasse. Talvez fosse outra coisa. O olhar de Haris se manteve fixo nele.

Tinha os cabelos brancos, assim como a barba. Seu manto azul-claro sobre a túnica branca estava bem puído. Nos pés, ele não usava sandálias, como todos os outros. Estava descalço.

No entanto, ninguém do grupo que o cercava parecia se importar com isso. Tampouco Haris, que, por algum motivo, não conseguia tirar os olhos dele. Mais especificamente, não conseguia deixar de fitar os olhos dele. Apesar da idade, aquele olhar parecia encerrar em si a fagulha de uma perene juventude que se encontrava em permanente busca.

Ao mesmo tempo, porém, havia mais. Aquele olhar refletia uma pureza absoluta. Uma candura. Isso foi algo que impressionou Haris. Como também, aliás, a própria expressão do rosto daquele homem, que transmitia uma sensação de autêntica beleza e tranquilidade.

Em torno dele estavam sentados homens jovens, cheios de energia, vitalidade e dinamismo. A aparência deles, bem cuidada — que denunciava sua ascendência nobre —, formava uma completa antítese da imagem desleixada daquele homem idoso. Mas ninguém dava qualquer relevância a essa aparente contradição.

Haris sentia que aquilo que vivia agora era uma experiência completamente nova e estava muito feliz por poder passar por ela. Dentro de si, porém, sentiu a curiosidade atormentá-lo. *Por que todas essas pessoas estão reunidas nesse lugar?*

Até o momento, ele não tinha resposta. Começou, então, a observar de novo os que estavam ali. Quase imediatamente ouviu um dos rapazes dirigir-se ao homem maduro de olhos brilhantes sentado diante deles.

As palavras **"Ó mestre Sócrates"** ficaram gravadas na mente de Haris. Ele ficou atordoado. O que ouviu era impossível de ser compreendido de maneira lógica. Não era possível. Ou será que era?

No entanto, de tudo o que ele vivera em sua viagem à Atenas antiga, o que poderia ser explicado pela lógica?

Haris tentou manter-se tranquilo. Mas agora observava com atenção ainda maior aquele homem, e percebeu que sua imagem condizia com tudo o que ele sabia, a partir de suas leituras, sobre o filósofo Sócrates.

No entanto, para além do conhecimento que tinha, Haris confiava em outra coisa. Na forte sensação que o tomava. Sentia que ali encontrava-se a verdade.

Aproximou-se a passos lentos do lugar onde Sócrates estava sentado. Os olhos de Haris fitavam o homem. Ele parecia estar banhado em luz.

Era como um luminoso holograma humano que parecia tão verdadeiro, mas, ao mesmo tempo, tão etéreo.

Por um instante, Haris se sentiu paralisado. Não sabia o que pensar, como agir. Continuou a se perguntar como ele tinha ido parar ali.

Até que, em certo momento, seu pensamento foi levado involuntariamente a um seminário de Mecânica Quântica em que esteve presente certa vez. Lembrou-se de que, nesse evento foi apresentado um trabalho que havia despertado fortemente seu interesse, porque tratava das onze dimensões da existência.

Será, então, que aquilo que lhe parecera uma teoria impressionante, mas bastante misteriosa, tinha agora — de algum modo — se tornado realidade? Será que era possível que ele estivesse em outra dimensão? E como isso tinha acontecido?

No entanto, enquanto essas questões o ocupavam, sentiu que era inútil esforçar-se para tentar explicar o que estava vivendo e, assim, perder a essência preciosa do momento.

Então tomou uma decisão: ele se entregaria àquela experiência, confiando na maravilhosa sensação de euforia espiritual que o inundava.

O momento de um homem no tempo

A única preocupação de Haris agora era encontrar um lugar vazio entre os rapazes que se sentavam em volta de Sócrates e, se possível, um que ficasse bem de frente para ele.

Ao olhar ao redor, observou que havia um espaço ao lado de um homem alto de pele escura e cabelos pretos e espessos. Vestia uma clâmide azul, que era presa com um broche de prata ao ombro direito, enquanto o outro ombro ficava descoberto.

Haris não sabia quem era. Mas que importância isso teria? Era um rapaz da sua época. Um rapaz desconhecido que tinha tanta energia, tanta vivacidade, que qualquer um à sua volta sentia isso com facilidade. Seu olhar era vivaz. Intrigado.

Era como se tivesse uma permanente disposição para ser capturado por qualquer coisa que despertasse seu interesse. Tinha feições grossas, masculinas. A sua expressão era dinâmica. Ouvia os outros homens que conversavam ao seu lado. Participava da conversa e sorria. Ele tinha mãos robustas, que estavam apoiadas sobre seus joelhos dobrados.

Haris se aproximou do lugar onde o rapaz estava e inclinou o corpo para se sentar.

— Com licença — sussurrou com autêntica espontaneidade, voltando o olhar para o homem.

Ele, no entanto, não reagiu.

Um leve sorriso se desenhou então nos lábios de Haris. Mais uma vez ele percebeu que vivia uma jornada única. Era um visitante na antiga Atenas e levava consigo a sensação de uma realidade concreta, mas em um mundo que existia de forma etérea.

Observava agora todos os rapazes em torno dele. Pa reciam tão livres. Tão decididos. Estavam vivendo. Não ficavam esperando para viver.

O próprio Haris se sentia agora como um desses homens. Porque sentia essa forte energia dentro de si. E o mais importante era que diante dele estava Sócrates!

Em meio aos alunos de Sócrates

Todos que se sentavam, naquela tarde, à sombra do grande pinheiro tinham se reunido para ouvir Sócrates.

Entre eles, Haris... Ainda não conseguia acreditar, mas estava de fato vivendo aquilo. Seus olhos testemunhavam novas cenas que ele tentava assimilar. Como aquele momento, em que se encontrava cercado de rapazes da antiga Atenas e tinha, diante de si, o maior filósofo de todos os tempos!

Se tudo aquilo era um sonho, desejava de todo o coração que não acabasse. Mas por que sentia que não era um sonho?

Seu olhar continuou a fitar Sócrates. Em certo momento, viu dois homens se aproximarem do filósofo. Um deles, o mais velho, apresentou-lhe o jovem amigo que o acompanhava.

Haris não conseguia acreditar que estava na companhia de discípulos de Sócrates. Ou seja, isso significava que ele próprio se tornava agora, ainda que dessa forma nada ortodoxa, um dos discípulos do filósofo!

Era algo inconcebível. Mas estava acontecendo. Ele sentia aquilo com todo o seu ser...

Nunca havia experimentado tamanho entusiasmo, tamanha impaciência, e, ao mesmo tempo, tanta tranquilidade. Não conseguia explicar o que sentia. Era algo que ele só podia sentir. Ainda assim, em seu interior, continuou a ter uma ponta de dúvida invadindo os pensamentos.

O que ele vivenciava era mesmo verdade?

De repente, ocorreu-lhe uma ideia absurda. No bolso da sua calça estava o seu celular.

Será que posso utilizá-lo?, perguntou-se.

A mera existência de tal possibilidade convenceu-o imediatamente de que não tinha nada a perder. Com um movimento rápido, tirou o celular do bolso. Ativou o aplicativo de vídeo e verificou, ansioso, se funcionava. A imagem que via na tela era exatamente a mesma que enxergava diante de si. Tentou conter o entusiasmo até estar convencido de que a gravação em vídeo continuava. O processo de filmagem avançava normalmente. Isso significava que poderia ter uma prova tangível e inconteste de que aquilo que ele vivia não era um sonho. Mais do que isso, seria a única pessoa a ter registrado um discurso de Sócrates!

— Esta tarde, há um novo visitante entre nós... Vamos dar-lhe as boas-vindas! — disse Sócrates naquele momento.

Essa frase interrompeu a reflexão de Haris e, ao mesmo tempo, fez com que os olhos de todos se voltassem para Sócrates.

Haris ficou estupefato. Não só porque ouvia pela primeira vez o tom sereno da voz do filósofo, mas o próprio conteúdo da frase lhe gerou um pensamento que o deixou agitado.

Era possível que Sócrates estivesse se referindo a ele?

Um arrepio percorreu seu corpo como uma onda elétrica. Procurava a resposta, concentrando, aflito, toda a sua atenção no olhar de Sócrates. Só então percebeu que, na realidade, o filósofo se dirigia ao mais novo dos dois homens que, até pouco tempo atrás, conversavam com ele.

Certamente algumas características daquele rapaz corpulento tinham causado certa impressão em Haris assim que o vira. Mais precisamente, havia ficado impressionado com o tórax amplo e a testa larga. A partir daquele instante, Haris começou a relaxar novamente.

Mas como ele havia se deixado levar pela ideia de que talvez fosse visível para os outros?, refletiu. *Ele já havia constatado que os outros não podiam vê-lo. Era possível que isso mudasse repentinamente?* Não tinha certeza.

Sobre uma coisa, no entanto, estava certo: tudo o que aprendera nos últimos anos em sua busca por autoconhecimento, em sua participação nos seminários de Mecânica Quântica, tudo parecia agora assumir um significado especial.

Pela primeira vez na vida, Haris sentia que começava a se livrar dos moldes em que havia sido colocado. Sentiu que rompia os grilhões do pensamento convencional. Ali ele podia viajar livremente, guiado por uma parte dele que parecia ficar cada vez mais forte.

Haris começava a abandonar as últimas correntes que o prendiam à forma como estava acostumado a ver e a interpretar a realidade ao seu redor. Agora sentia fortemente que se encontrava num ponto crucial da vida que lhe abriria um novo caminho. Não sabia exatamente para onde esse caminho o levaria. Sabia, no entanto, que tinha uma absoluta necessidade de segui-lo. E sentia que não era um visitante ali por acaso, que, de alguma maneira, foi parar na Grécia antiga, naquele exato momento.

Não! Seguramente não era por acaso.

Haris olhou em volta. Sentia-se parte integrante daquele grande grupo que se formara. Sentia-se igualmente um discípulo de Sócrates. Podia ter vindo de um plano espaço-temporal diferente, mas ele também procurava a mesma coisa que cada uma daquelas pessoas.

O que todo indivíduo procura, seja qual for a época à qual pertença.

Procurava o real sentido da vida e a verdadeira felicidade.

A pergunta fundamental de Sócrates

A impetuosa energia juvenil estava refletida nos olhares vivazes que todos direcionavam com respeito para o rosto de Sócrates. Entre eles, o olhar de Haris. Em volta do filósofo, dominava um silêncio que dava àquele momento uma seriedade. Uma sacralidade.

No olhar luminoso de Sócrates podia-se ver uma pureza que, no entanto, não se mostrava distante, mas abraçava todos com um calor terno, com afeto. Haris se sentiu muito especial por fazer parte daquilo.

— Estou seguro de que cada um de vocês tem em mente algo que queira perguntar — disse, então, o filósofo. — Todos queremos aprender algo. Eu, porém, digo que antes de questionarmos sobre qualquer outra coisa, é necessário que todos tenhamos respondido a uma pergunta muito simples. Essa pergunta é fundamental e diz respeito a todos nós. A quem quer que seja. Onde quer que se viva. Qualquer que seja a sua origem. Qualquer que seja sua ocupação. Qualquer que seja a educação que tenha recebido na vida.

Essas primeiras palavras de Sócrates já tinham conseguido conquistar o interesse de todos que se encontravam com ele naquela tarde. A curiosidade era evidente nas expressões dos seus rostos. Alguns, é claro, começaram a se perguntar, sussurrando, qual poderia ser essa questão fundamental, que é, certamente, comum a todos.

Sócrates lhes concedeu um momento para deixar os pensamentos fermentarem com a proposta. Nesse meio-tempo, olhava-os com atenção e afeto. Mais uma vez, ele testemunhava a vivacidade da juventude e sua impaciência para encontrar a fonte do conhecimento, e essa imagem parecia despertar nele uma doce sensação. As palavras que se seguiram tornaram-se o prenúncio da resposta que todos procuravam.

— A pergunta fundamental para aquilo que eu lhes falava consiste somente em três palavras. Três palavras simples que todos nós utilizamos cotidianamente. Essas palavras, então, eu também utilizarei agora, dirigindo-me ao nosso novo visitante.

Sócrates voltou seu olhar para o rapaz que vinha pela primeira vez acompanhar seus ensinamentos.

— Quem é você? — perguntou.

Ele respondeu imediata e espontaneamente.

— Chamo-me Arístocles e sou filho de Áriston e de Perictione. Tenho vinte anos e sou cidadão de Atenas.

Sócrates, então, olhou para ele e disse:

— A glória, *kléos*, constitui parte do seu nome. Ao olhar para você, sabe o que vejo diante de mim? Um rapaz com a parte superior do corpo amplamente desenvolvida, sedento por expandir seus horizontes cognitivos. Então, ao olhá-lo, vem ao meu pensamento um nome que penso que lhe cai bem. Esse nome é Platão, o de ombros largos. Portanto, vou chamá-lo assim: Platão.

Naquele instante, Haris ficou ainda mais espantado. Percebeu que o rapaz a quem Sócrates tinha se dirigido não era outro senão aquele que viria a ser seu discípulo mais fiel: o conhecido filósofo Platão.

Quando Haris se deu conta disso, fez também outra associação. Ele sabia que Platão havia permanecido próximo a Sócrates até o fim da vida do mestre, em 399 a.C. Então, Platão, como Haris tinha lido, foi discípulo por mais ou menos oito anos junto a Sócrates, o que significava que Haris se encontrava agora entre os anos 407 e 408 a.C.

Ele estava aos pés da Acrópole de Atenas, com Sócrates diante dele!

Naquele instante, Sócrates mirou seu olhar caloroso e cheio de ternura para todos os que o cercavam.

— O jovem Platão — disse Sócrates — deu a resposta óbvia à pergunta que lhe propus. Perguntei "**Quem é você?**", e ele respondeu seu nome e sua origem. Eu, porém, insistirei na mesma pergunta. Mas, dessa vez, convoco todos vocês a dirigirem a pergunta a si mesmos. Perguntem-se, então, cada um de vocês: **Quem sou eu? Quem sou eu?** Ou seja, no que exatamente eu creio sobre mim mesmo?

As palavras de Sócrates foram seguidas por uma breve pausa enquanto todos se apressavam para formular sua própria resposta.

Sócrates observava esse processo com um interesse inabalável. E pouco depois falou:

— Imagino que cada um tenha a sua resposta. Guardem-na. Ela é importante, porque revela muito mais do que vocês pensam. Ela testemunha nosso sistema de crenças. Saibam que a maneira como alguém responde à pergunta "**Quem sou eu?**" revela seus pensamentos, as crenças que essa pessoa formulou sobre si própria, sobre seu lugar no mundo. Revela o que ela pensa sobre seu potencial, sobre as escolhas que fez, sobre a forma como vive, sobre como os outros a veem, sobre suas relações com o mundo. Todas essas crenças criam um espelho através do qual alguém contempla tudo o que está ao seu redor e, naturalmente, a si mesma. Assim, cada um responde à pergunta "**Quem sou eu?**" através do seu próprio espelho.

Uma palavra, muitas interpretações

Naquele instante, um dos discípulos de Sócrates, chamado Aristipo, expressou espontaneamente uma dúvida:

— Mas, mestre, não existem alguns critérios gerais que todos reconheçam e que possam ser usados para responder a essa pergunta específica? Por exemplo, como se pode duvidar de que alguém é forte, corajoso ou... hedonista, digamos? — A última parte da fala de Aristipo provocou uma retumbante gargalhada nos outros homens.

Sócrates sorriu.

— Interessante escolha de adjetivos e numa ordem também interessante — comentou ele em tom provocativo.

A pergunta que Sócrates recebeu dava-lhe aparentemente a oportunidade de abrir um diálogo com Aristipo, mas, na verdade, era com todos os que o ouviam que o filósofo queria falar, levando-os a se aprofundarem na essência do que ele lhes havia dito.

Devolveu, então, a pergunta que lhe tinha sido proposta por Aristipo:

— Qual é, na verdade, o sentido que cada um de nós dá às caracterizações que você mencionou: forte, corajoso, hedonista? Fiquemos com o último adjetivo, que, se notei bem, você disse com certa ênfase. O que significa para você a palavra *hedonista*?

Aristipo sorriu maliciosamente naquele momento, olhando os outros homens em volta dele.

— O que significa para mim? O mesmo que significa para todos nós.

— Por que fala dos outros e não me diz o que isso significa para você? — perguntou-lhe Sócrates.

— Para mim, hedonista significa quem procura os prazeres eróticos e quer em seus braços uma bela moça.

— Uma mesma moça ou cada vez uma diferente? — questionou em voz alta, com um ar deliberadamente displicente, o rapaz sentado ao seu lado, reforçando o clima bem-humorado que havia se criado.

— E, quando você fala sobre prazer erótico, o que isso significa exatamente? — completou, então, outra pessoa.

Todos riram. Com eles também ria Haris, que não só se sentia um membro do grupo, como também aproveitava cada momento da sua presença naquele lugar.

Sócrates olhou para todos e disse:

— Veem o quão rápido pode crescer a discussão sobre a interpretação de uma só palavra? Cada palavra tem a própria interpretação para cada pessoa. Porque cada pessoa tem crenças com base nas quais interpreta cada palavra. Entendem, então, agora como são importantes as nossas crenças? Por isso digo-lhes que quando respondemos à pergunta "**Quem sou eu?**", na verdade, quem a responde por nós são as nossas crenças. Questionemos, pois: Como são engendradas essas crenças que, no fundo, respondem por nós? Carregamos nossas crenças dentro de nós por muito tempo. Eu, claro, há muito mais do que vocês — comentou Sócrates, brincando consigo mesmo. E continuou: — Por isso, aliás, nossas crenças são tão fortes. Porque as constituímos desde quando éramos crianças. De que maneira? Seja porque algumas pessoas nos ensinaram essas crenças com suas palavras e ações, seja porque as idealizamos nós mesmos, interpretando algum evento qualquer com base em tudo o que nos ensinaram. Em outras palavras, as nossas crenças vêm de tudo o que vimos, ouvimos e vivemos por meio do nosso ambiente familiar, da educação que recebemos, das nossas amizades e do convívio social... As tradições espirituais e culturais também exercem um papel importante na formação das nossas crenças. Dessa forma, vocês compreendem agora por qual percurso passou o nosso pensamento quando respondemos a essa pergunta aparentemente simples: "**Quem sou eu?**"

Haris ficou fascinado pela perspicácia de Sócrates. Ao mesmo tempo, fascinava-o também sua flexibilidade no uso do discurso, o que lhe permitia desdobrar os pensamentos de forma direta, fazendo todos que o ouviam se sentirem participantes ativos no processo.

Então, Haris ouviu o jovem Platão fazer a seguinte pergunta:

— Mas por qual motivo o senhor considera a pergunta "**Quem sou eu?**" tão importante, mestre?

Sócrates respondeu:

— Porque a resposta que alguém dá a essa pergunta define como, na realidade, a pessoa se sente. Ou seja, qual é a verdadeira relação que tem consigo mesmo. E é importante que saibamos que é daí que vem tudo... Da relação que temos com nós mesmos!

Transição do díptico ao tríptico

Haris acompanhou com atento interesse tudo o que dizia Sócrates. Ele ansiava por ouvir ainda mais dele. Embora soubesse que o que ouvia era dirigido a todos, no fundo sentia que era dirigido particularmente a ele.

Seus olhos estavam constantemente fixos no mestre.

Naquele exato momento, ele viu Sócrates se levantar, apoiar-se em seu bastão e abraçar todos com seu olhar sereno.

Sua figura era, na concepção de Haris, como uma presença luminosa transcendente, mas ao mesmo tempo tão humana...

Ouviu-o, então, repetir com vigor a pergunta **"Quem sou eu?"** de modo que ela ficou para sempre registrada em seu íntimo.

Haris percebia a gravidade que Sócrates conferia àquela questão em particular e entendia que deveria haver uma razão muito mais profunda, muito mais substancial para isso...

Sócrates então propôs uma outra pergunta:

— Você considera que uma pessoa é seu corpo natural e o seu eu Egoico, ou seja, o eu formado por suas crenças ou sua personalidade?

Todos o olharam com perplexidade.

Sócrates encarou a perplexidade nos olhos desses rapazes com o brilho de seu próprio olhar, que refletia a pureza de sua paz interior.

— Todos nós somos, ao mesmo tempo, outra coisa! — esclareceu Sócrates. — Algo além do que considerávamos! **Nós somos o Grande Eu de Amor... o Eu de Amor!** Isso significa que não somos dípticos, como pensávamos. **Somos trípticos!**

Assim que completou essa frase, Sócrates fez uma pausa.

Os discípulos tentavam processar suas palavras. Todos queriam aprender o que era esse tríptico sobre o qual ele lhes falava. Quem era o Grande Eu de Amor... O Eu de Amor...

Essa frase de Sócrates havia provocado surpresa também em Haris. Ele começou, então, a fazer algumas associações em sua mente, que simplesmente lhe confirmaram a grandeza do pensamento do filósofo.

De acordo com as conclusões de Haris, o que o filósofo definia como Grande Eu de Amor ou Eu de Amor deveria ser o Eu Superior sobre o qual Aristóteles falou mais tarde.

Era a centelha divina segundo o cristianismo, identificada pela frase "O Cristo em você".

Era também a Mente Superior ou Quântica para a ciência da Mecânica Quântica.

Haris percebia que, de qualquer ângulo que alguém visse essa questão específica, chegaria a uma conclusão comum: a referência a uma força superior que, no entanto, não está fora do homem, mas faz parte de sua própria existência... Era isso que Sócrates provavelmente queria dizer.

Que a Força Superior era necessária para definir a nova identidade de cada pessoa.

Haris agora observava Sócrates com ainda mais admiração. Admiração e emoção.

Ele via a pessoa mais humilde que já tinha encontrado em sua vida falar com uma simplicidade inédita sobre a essência mais profunda da existência humana e incentivar seus semelhantes a descobrirem quem realmente são.

Sócrates olhou com amor para todos ao redor. Então, ele disse:

— A maioria de nós ignora a força que tem dentro de si. Exatamente porque pensa que é um díptico. Ou seja, um corpo físico e um eu Egoico (o eu formado de acordo com as crenças de cada um, a personalidade). Na verdade, porém, não somos um díptico. Somos um tríptico. Também somos o Grande Eu de Amor. Chamo-o assim porque o verbo *agapó*, amar, em grego significa levar, conduzir tudo dentro de você. E esse nosso Eu, o Eu de Amor, traz em si a fonte de tudo e tem o poder de guiar tudo, o Todo. Na realidade, portanto, somos um tríptico: **corpo físico, eu Egoico, Grande Eu de Amor.**

"Mas quero esclarecer algo para vocês. Quando falo de tríptico, não me refiro a algum conceito metafísico, mas à própria condição humana. O tríptico consiste numa particularidade humana. Cada pessoa é um tríptico. E o Grande Eu de Amor faz parte desse tríptico que é cada pessoa."

Enquanto Sócrates falava sobre o tríptico humano, seus alunos trocavam olhares de surpresa e perplexidade entre si. Ele percebeu isso. Entendia essas reações. Já as esperava.

Mas ele sabia o quanto esse conhecimento era valioso e o quanto era importante a sua compreensão.

A ativação do Eu de Amor

— Em geral, nós, seres humanos, ignoramos a existência do Grande Eu de Amor — disse então Sócrates. — Nós o desconhecemos. Mas isso não significa que ele não exista. Somos nós que o mantemos inativo em nossa vida. É hora, portanto, de ativá-lo. De senti-lo. Mas de que modo alguém pode ativar o seu Eu de Amor? — perguntava Sócrates, aparentemente para si mesmo, mas dirigindo a questão aos seus alunos.

Haris estava completamente absorto naquele momento, mas tentava organizar os pensamentos.

Ele repetia para si:

Quando Sócrates se refere ao Grande Eu de Amor, ele quer dizer o Eu Superior de Aristóteles, o que o cristianismo chama de "O Cristo em você", ou o que para a ciência da Mecânica Quântica é definido como Mente Superior ou Mente Quântica?

Enquanto isso, os alunos de Sócrates se perguntavam qual poderia ser a resposta para a nova pergunta que lhes havia sido proposta.

Ao mesmo tempo, tentavam processar o sentido do Grande Eu de Amor.

Sócrates então esclareceu:

— Não busquem complexidade nas respostas. As respostas para tudo o que procuramos são sempre simples, assim como, aliás, a verdade tende a ser. A característica mais básica da suprema energia é a simplicidade. Então faço a vocês novamente a pergunta: De que maneira pode alguém ativar seu Grande Eu de Amor?

— Amando? — perguntou Platão, com certa hesitação.

— Exatamente! — respondeu Sócrates. — Não precisamos de nada mais do que sentir amor dentro de nós. Quando amamos verdadeiramente, ativamos o nosso Eu de Amor e podemos carregar tudo dentro de nós. Ou seja, conectamo-nos com a força dentro de nós, que faz parte da força cósmica.

Haris continuava a juntar tudo aquilo que ouvia, combinando com o que tinha aprendido nos anos anteriores por meio de sua busca por autoconhecimento.

Era surpreendente descobrir essa conexão inesperada.

Quando Sócrates fala sobre força cósmica, ele se refere à força universal, como a conhecemos, ponderava ele.

— Antes, porém, é necessário que saibam como é o amor verdadeiro — continuou Sócrates com uma expressão serena no rosto. — O amor verdadeiro não é momentâneo. Nem é indispensável que exista algum estímulo externo para nos provocar a sensação dele. Quando algo assim acontece, é um indício de que estamos no nosso eu Egoico. Porque a característica do amor verdadeiro é que ele é duradouro e sempre vem de dentro de nós. Muitas vezes ficamos confusos. Achamos que amamos. Queremos acreditar que amamos. Mas, na realidade, não amamos verdadeiramente. Porque se amássemos verdadeiramente, nos sentiríamos felizes. No entanto, quero dizer-lhes que a semente do amor existe dentro de todas as pessoas. Mas, na maioria das vezes, deixamos essa semente sem cultivo. Porque não ativamos o Eu de Amor que existe dentro de cada um de nós. Todos nós podemos, porém, ativá-lo. De que maneira? Incorporando o amor no nosso dia a dia. Vamos, então, começar a nos questionar ao longo de todos os dias: **Como posso gerar amor? Como posso dar amor?** É claro, esse amor é algo que oferecemos tanto a nós mesmos quanto aos outros. Mas esse amor não é egoísta… É amor verdadeiro. E amor verdadeiro é a aceitação incondicional do ser amado. Quer se trate de você mesmo ou de qualquer outra pessoa.

"Então, quando eu me amo verdadeiramente e amo o outro também verdadeiramente, aprovo e celebro a existência de mim mesmo e a dos outros, exatamente como ela é. Com todas as qualidades e limitações que existem, tanto em mim quanto nas outras pessoas. Afinal, certamente há uma razão para que existam determinadas qualidades e limitações. E nós aceitamos e respeitamos essa razão. Portanto, amor verdadeiro significa compreensão, empatia, aceitação, aprovação, compaixão. **Lembrem-se: a característica básica do amor verdadeiro é que ele traz apenas alegria e nunca dor.** Esse é o modo como você pode reconhecê-lo a qualquer momento.

"Quero ainda dizer que o amor é o que move tudo ao nosso redor. Porque o amor é a própria força cósmica. Portanto, quando amamos verdadeiramente, nos conectamos com essa força, que é a fonte da criação de todas as coisas. Assim, a força cósmica se torna a nossa força interior. O ser humano tem dentro de si a grandeza da criação, mesmo que ainda não tenha percebido isso."

Essa última observação de Sócrates trouxe à mente de Haris uma frase do seu autor favorito, Nikos Kazantzakis:

"Cara... Você tem Deus dentro de você. Você carrega Deus e não sabe!"

Consolidando sua natureza tríptica

Sócrates observava as expressões no rosto dos rapazes que o cercavam. Pelo brilho de seus olhares atentos, ele via a energia vivaz que eles irradiavam e, ao mesmo tempo, sentia que as palavras que tinha dito encontraram terreno fértil em seus corações.

Ele ficou feliz com isso.

Entretanto, ele também conhecia bem o poder da mente e do costume, que na maioria das vezes mantêm as pessoas presas aos caminhos que aprenderam a seguir até então.

Mas Sócrates queria que a semente de seus ensinamentos frutificasse na vida desses jovens. Por isso, dirigiu-lhes um apelo.

— Fico feliz que vocês percebam a verdade dessas palavras. Fico ainda mais feliz de ver que vocês sentem essa verdade. Quero, no entanto, que se lembrem disto: uma coisa é ouvir um ensinamento e concordar com ele, sentir que é verdadeiro; outra coisa completamente diferente é aplicá-lo ao seu dia a dia. Deixá-lo enraizar dentro de você. Incorporar isso à sua vida. Fazer com que ele se torne tão natural como sua respiração. Portanto, incentivo vocês a sentir o amor dentro de si. Sintam que não somos um díptico, ou seja, nosso corpo físico e o nosso eu Egoico. Somos um tríptico: corpo físico, o nosso eu Egoico e o Eu de Amor. Volto agora à primeira pergunta que lhes fiz no nosso encontro de hoje: **"Quem sou eu?"**

"Portanto, toda vez que uma pessoa se pergunta 'Quem sou eu?', o grande valor dessa questão é que ela ilumina a verdade dentro da gente, ou seja, que somos um ser tríptico. Corpo físico, o eu Egoico e o Eu de Amor.

"É através desse prisma que cada pessoa precisa ver sua vida e viver seu cotidiano. Porque é através desse prisma que podemos entender que cada um tem dentro de si tanto a energia baixa quanto a energia alta. Por isso, existem momentos em que sentimos emoções desagradáveis, como raiva, ciúme, inveja, que são identificadas com as energias baixas. Mas, como eu disse, essas energias baixas também existem em todos os seres humanos. Portanto, não precisamos nos sentir mal por isso. Por algum motivo, nos deparamos com elas. Porém, com a mesma facilidade que elas vêm, podemos nos afastar delas.

"No entanto, muitas pessoas costumam levar para o lado pessoal tudo o que acontece. Atrelam sua identidade ao que ocorre de desagradável ao seu redor, acreditando que o propósito dessas situações é prejudicá-las intencionalmente. Mas, dessa maneira, acabam se identificando com as energias baixas, o que resulta em grande dor interior. Por isso, incentivo vocês a se perguntarem, quando se sentirem mal: **Onde estou agora, que faz com que eu me sinta mal?** Saibam que a pergunta sempre traz a resposta. Então, toda vez que nos sentimos mal por algo, isso significa que estamos em nosso eu Egoico."

Um dos alunos de Sócrates então expressou uma dúvida que lhe havia surgido:

— Entendo o que o senhor diz, mestre. Mas, quando alguém sente raiva, decepção por alguma coisa... e depois de se perguntar onde está, responde que está em seu eu Egoico... Como essa resposta vai ajudar?

Essa dúvida foi imediatamente complementada pelo comentário de outro rapaz, que se apressou a perguntar a Sócrates:

— Verdade, mestre, quando alguém tem emoções negativas, como, por exemplo, muita raiva, o que pode fazer?

O semblante de Sócrates permaneceu tranquilo.

— Deve cuidar para não alimentar a raiva — respondeu ele. — Digamos que uma pessoa, por causa de um acontecimento desagradável, esteja perturbada e sofrendo emocionalmente. Quando alguém sente tanta dor, isso revela que está profundamente imerso em seu eu Egoico. O que isso significa? Significa que interpretou, sempre de acordo com seu sistema de crenças limitantes, que sofreu uma grande derrota. Nessa situação, o que essa pessoa precisa fazer?

"Para começar, vou dizer que o que ela não deve fazer é opor-se ao que sente ou tentar sufocar o sentimento. Algo assim é totalmente inútil e vai aumentar a sensação ruim dentro dela. Saibam que quanto mais negamos algo que nos machuca, quanto mais nos recusamos a aceitar o que está acontecendo e que nos afeta, mais nos afundamos na dor, na condenação, no desespero... Portanto, quando uma pessoa sente dor interior por causa de alguma coisa, primeiramente, precisa aceitar o que sente, sabendo que há um motivo para isso acontecer. Cada pessoa precisa respeitar seu eu Egoico. Afinal, ele é parte do tríptico que compõe cada um de nós. E todo tríptico humano constitui uma inteligência elevada.

"Que essa pessoa que está sofrendo admita: Estou sentindo isso agora. É bom que eu experimente essa emoção limitante. Existe um motivo para isso. Existe uma razão para a minha dor. **Qual é essa razão?** Encontrando a razão (que é naturalmente sempre a nossa própria interpretação das coisas), começamos a nos sentir melhor e a ver a situação com mais clareza. Assim, depois de reconhecermos o sentimento limitante dentro de nós e identificarmos o que o causou (que geralmente é uma grande injustiça que acreditamos ter 'sofrido'), vamos nos perguntar: **Onde estou agora?** Como eu lhes disse, a pergunta sempre traz a resposta, e, nesse caso, a resposta é a seguinte: **Estou no meu eu Egoico!**

"Um de vocês me perguntou como isso irá ajudar. Então, essa resposta nos lembra do tríptico que somos, estabelecendo-o dentro de nós. Ou seja, no momento em que respondemos, reconhecemos que além do nosso eu Egoico também existe dentro de nós o Grande Eu de Amor. E lembre-se de que o Grande Eu de Amor sempre abraça o nosso eu Egoico. Não o julga. Não o critica. Abraça-o. Porque, como dissemos, *agapó* (amar) é formado pelas palavras *ago* (levar) e *pan* (tudo), portanto, levo tudo dentro de mim."

O método maiêutico de Sócrates

Essa ênfase de Sócrates na utilidade das perguntas para nós mesmos trouxe à mente de Haris o famoso método maiêutico do mestre.

O método maiêutico (do grego *maieutiké*, que significa "arte do parto") baseia-se na apresentação de perguntas sucessivas que levam progressivamente a um resultado específico.

Assim como uma parteira — essa era, aliás, a profissão da mãe de Sócrates — segue um processo para trazer um bebê ao mundo, Sócrates fazia uma série de perguntas a alguém para ajudar a pessoa a alcançar o que procurava.

Haris começava agora a perceber que o método maiêutico era um dos mais importantes legados que Sócrates deixou para a humanidade.

Porque o filósofo nos ensinou a aplicar esse método específico em nós mesmos.

Principalmente nas vezes que nos sentimos desconfortáveis por dentro.

Pois, como Haris percebia agora, quando aplicamos o método maiêutico em nós mesmos, com as perguntas que fazemos, ativamos automaticamente o tríptico que somos.

Isso porque, essencialmente, o Grande Eu de Amor ou nosso Eu Superior é quem faz essas perguntas ao nosso eu Egoico.

Uma brisa fresca começou a mexer suavemente os galhos do pinheiro, à sombra do qual Sócrates estava sentado com seus discípulos, liberando na atmosfera um aroma revigorante de frescor.

A luz do dia começava a suavizar, banhando tudo com um leve tom de azul.

Tudo parecia agora mais calmo, mais sereno...

Até as pessoas pareciam ainda mais relaxadas, mais à vontade umas com as outras.

Em dado momento, um jovem pediu a Sócrates um esclarecimento:

— Estou pensando no que o senhor nos disse, mestre, e quero lhe perguntar algo. Diante de um acontecimento desagradável, quais são as perguntas que podemos fazer a nós mesmos?

Sócrates olhou para ele com aquele olhar brilhante e cheio de serenidade, que continuava a impressionar Haris.

— Quando acontece algo que consideramos desconfortável e nos causa tristeza — respondeu Sócrates ao seu discípulo —, é útil, depois que a dor tiver se apaziguado um pouco, fazer a nós mesmos as seguintes perguntas: **Agora, o que eu preciso aprender com essa experiência que estou vivendo? Como posso lidar com esse evento da maneira mais benéfica, tanto para mim quanto para os que estão ao meu redor?**

"Pode ser que as respostas que buscamos não venham imediatamente. Dê a si mesmo tempo para relaxar. Porque repito: as respostas sempre vêm. As perguntas sempre trazem respostas. E as perguntas que fazemos a nós mesmos são as que nos conduzem à força interior."

E continuou:

— Vocês sabem o que fazemos com esses autoquestionamentos? Reconhecemos a força dentro de nós. Nos dirigimos a essa força com confiança. E, dessa forma, sabem o que alcançamos? Algo muito importante: **o alinhamento, a harmonização do nosso eu Egoico com o Grande Eu de Amor.**

"Quero que saibam que, para tudo o que acontece conosco e nos preocupa, há um motivo. Cada vez, então, que lhes ocorrer algo de desagradável, vocês devem perguntar: **O que isso quer me ensinar? Será que eu preciso mudar algo? O que eu preciso fazer agora?**

"Ao fazer perguntas a nós mesmos, ativamos nosso poder interior, tornando-nos muito mais fortes. Mudamos, e podemos não apenas enfrentar a situação desagradável que temos à frente, mas até obter benefícios dela. Por isso, digo para cuidarem de estar conectados com a sua força, que faz parte da força cósmica. Comunique-se com a sua força e permita que a força cósmica flua em você. Todos nós podemos fazer isso. Basta que cada um alinhe e harmonize o seu eu Egoico com o seu Grande Eu de Amor."

Portanto, a solução para o que quer que nos preocupe é aplicar o método maiêutico de Sócrates em nós mesmos, concluiu Haris.

Porque as perguntas que fazemos são essencialmente feitas pelo nosso Eu Superior para o nosso eu Egoico.

Assim, ao usar o método socrático em nós mesmos, nosso Eu Superior se comunica com o nosso eu Egoico.

Nesse momento, Haris ouviu Sócrates dizer:

— As respostas das perguntas que fazemos a nós mesmos chegarão na hora certa. **Confiem no seu Eu.**

A força está dentro de nós

Platão interveio na discussão, revelando a Sócrates uma dúvida:

— O senhor nos disse anteriormente, mestre, o que ocorre quando alguém está em seu eu Egoico. Pode nos dizer agora o que acontece quando alguém está em seu Grande Eu de Amor?

Sócrates então levantou o olhar. Contemplou o rochedo sagrado da Acrópole, com o Partenon e a imponente estátua de Atena Prômacos que se erguia diante dele. E depois envolveu todos os seus discípulos, incluindo Haris, com a ternura calorosa de sua fala.

— Quando estamos no Grande Eu de Amor, somos permeados por um amor infinito por todos e por tudo. Estamos repletos de sentimentos maravilhosos. Sentimos aceitação e aprovação por todos e por tudo. Temos compreensão, empatia, compaixão... Sentimos dentro de nós alegria e serenidade, sem que seja necessário haver condições externas específicas para nos sentirmos assim. Respeitamos os outros e a nós mesmos. Nos alegramos com nossa existência e nos alegramos com a existência de tudo. Nos alegramos por existir e estar na criação cósmica (universal). Confiamos na força cósmica (universal). **Confiamos.** Sentimos unidade com os outros seres humanos. Conexão com eles. Sentimos certeza e segurança. Emitimos gratidão por todos e por tudo. Compreendemos que, mesmo para cada evento desconfortável que acontece e nos afeta, há uma razão. Qual é essa razão? Nosso aprendizado, nosso crescimento, nossa evolução. Porque tudo e todos evoluem. É por isso que viemos para esta vida. Para evoluir...

"Neste ponto, tenho algo para lhes dizer ao qual quero que prestem atenção. **Quando algo acontece e nos afeta, por mais desconfortável que seja, isso foi previamente autorizado pelo nosso Grande Eu de Amor para acontecer e nos afetar!** Ou seja, é o nosso Grande Eu de Amor que permite que vivamos cada experiência, a que é a mais adequada para a nossa evolução. Porque nessa experiência há algo que precisamos ver sobre nós mesmos, para que possamos avançar. Se compreenderem profundamente o que acabei de dizer, logo sentirão mais paz interior. Porque saberão que tudo o que enfrentamos na vida, mesmo que pareça desconfortável, visa apenas ao nosso bem maior, à nossa evolução. Por isso, exorto-os a confiarem em si mesmos."

Haris percebia o quanto Sócrates estava certo. Ao pensar nessas palavras, ele também começava a se sentir mais calmo.

Ele se deu conta de que havia uma profunda sabedoria na frase:

Deus não dá a alguém uma dor que ele não possa suportar.

— Ou seja, devemos suportar as coisas ruins que acontecem em nossas vidas esperando que sejam para o nosso bem? — perguntou então um jovem.

Sócrates olhou para ele com simpatia.

— O que você disse demonstra uma posição de fraqueza — respondeu. — Mas eu lhes digo que o Grande Eu de Amor de cada pessoa permite que ela viva essas experiências que a ajudarão a se comunicar com a força dentro de si. Esse é o propósito. Tudo o que vem em nossa vida nos traz uma mensagem que precisamos ler para nos comunicar com o poder que existe dentro de nós. **Somos um tríptico! Corpo físico, eu Egoico, Grande Eu de Amor.** Esta é a verdade mais profunda da nossa existência e precisamos despertá-la. A força está dentro de nós. Não está fora de nós. Tudo, absolutamente tudo, tem a ver conosco, com o nosso Eu! Cada pessoa tem o poder de moldar sua própria realidade.

Sobre a alma

Haris olhava para Sócrates com admiração genuína. Pensava em como era verdadeira a descrição que lera uma vez sobre ele.

Sócrates tinha sido o primeiro filósofo a trazer a filosofia para perto das pessoas, deslocando o interesse filosófico dos céus (do estudo dos corpos celestes) para a terra (para a vida cotidiana do povo).

Sócrates sempre tinha como foco de sua busca filosófica o próprio ser humano.

No entanto, o raciocínio de Haris foi interrompido por uma frase do mestre:

— Lembrem-se, no entanto, de que nosso corpo físico e nosso eu Egoico (nossa mente individual) são uma grande bênção e são absolutamente necessários para nossa existência neste mundo material.

Essa frase fez Haris pensar que, quando Sócrates se refere ao mundo físico e material, ele está falando sobre o que a Mecânica Quântica chama de Quatro Dimensões (4D). Ou seja, comprimento, altura, largura (que constituem o espaço) e tempo.

Em outras palavras: o conhecido espaço-tempo.

— Como vocês podem perceber — continuou Sócrates —, nosso corpo tem grande valor, pois é parte do tríptico que somos. Portanto, é no mínimo inadequada a ideia de que alguém precisa lutar contra o corpo e suas necessidades para se aproximar do espírito.

— Eu, pelo menos, mestre, não luto de maneira alguma contra as necessidades do meu corpo — comentou então, com ar jocoso, um dos jovens presentes, incitando provocações.

Sócrates respondeu-lhe em tom animado:

— Estou certo de que seu corpo já lhe agradece. Mas acredito que logo o espírito também lhe agradecerá, pois sua presença aqui, nesta tarde, demonstra disposição para satisfazer suas necessidades intelectuais. Não é mesmo?

— Sim... claro... — respondeu ele então, com certa timidez, e os outros homens ao seu redor começaram a rir.

— Nosso jovem amigo é direto e sincero — comentou Sócrates. — A franqueza e a sinceridade são virtudes que exercem grande encanto, e sempre me alegro quando as encontro em alguém.

Após essa pausa agradável, Platão tomou a palavra, fazendo a Sócrates uma pergunta que despertou o interesse de todos:

— Quero lhe perguntar algo, mestre. Falamos sobre o corpo e o espírito. E a alma do homem, mestre? Qual é o papel da alma?

— Sua pergunta é muito relevante — comentou, então, Sócrates. — Ouçam... Vivemos agora neste mundo material e cada um de nós tem um corpo físico. Esta tarde estamos aqui. Sentados sob este grande pinheiro, vendo tudo o que podemos ver ao redor. Acredito, no entanto, que existam coisas que não podemos perceber por meio dos nossos sentidos. Cada um de nós pode ver o outro. Ver seu rosto, seu corpo. Ou seja, pode ver a matéria perecível. No entanto, também existe a energia imperecível de cada pessoa, que não conseguimos perceber com os sentidos que possuímos. Acredito que essa energia envolve cada um de nós. É uma energia intangível, como uma luz branca brilhante, que circunda cada corpo humano e se move em seu entorno. Vamos imaginar, então, que ao redor do nosso corpo exista essa espécie de envoltório com forma ovalada...

Haris estava impressionado com as palavras de Sócrates. Ele não conseguia conceber como uma pessoa, séculos atrás, poderia falar de maneira tão simples sobre um assunto complexo que ocupava a ciência havia anos.

Agora, Haris concluía, com grande surpresa, que o que Sócrates descrevia como um envoltório de luz ao redor do corpo humano era o que a ciência da Mecânica Quântica chamava de Vórtice Quântico Energético.

Ou seja, o campo energético luminoso que envolve o corpo humano e gira ao seu redor.

Haris desejava que houvesse uma maneira de intervir naquela palestra e dizer tudo o que ele havia aprendido, séculos depois, e que convergia com o que Sócrates estava ensinando naquele momento.

— Sinto, portanto — disse Sócrates —, que nesse abraço de luz que envolve cada pessoa e se move ao seu redor em espiral está a sede da nossa alma. Ali reside a nossa alma imortal!

Essas palavras causaram grande surpresa em seus discípulos. Essa reação foi muito evidente nos olhares perplexos que eles trocavam entre si.

Até que alguém decidiu perguntar:

— Então, mestre, a alma do homem não está dentro do homem? Não está dentro de nós?

— Essa pergunta é muito importante — respondeu Sócrates. Então, prosseguiu, esclarecendo: — Como dissemos, cada pessoa é um tríptico. Esse tríptico é composto pelo corpo físico, o eu Egoico e o Grande Eu de Amor. Este último é a projeção da luz que descrevi e que envolve cada pessoa. Ou seja, o Grande Eu de Amor é a projeção da alma de uma pessoa dentro de seu corpo físico. Quanto à própria alma de cada um, ela é parte da sabedoria cósmica.

Enquanto ouvia essas palavras de Sócrates, Haris fazia mentalmente as associações correspondentes.

Concluiu, então, que quando o filósofo falava sobre sabedoria cósmica, ele se referia ao que hoje chamamos de inteligência universal, mente quântica.

Sócrates então repetiu:

— Como dissemos, cada pessoa é uma tríade: corpo físico, eu Egoico e Eu de Amor. E os três são qualidades humanas. O corpo físico do ser humano é envolvido por uma luz brilhante que gira ao seu redor. Essa luz é a alma imortal. **O Eu de Amor é a projeção da alma dentro do corpo humano.**

Haris concatenava tudo o que ouvia de Sócrates com algumas das conclusões da Mecânica Quântica. De acordo com elas:

O corpo físico é governado por um sistema de inteligência (a alma), que está enraizado em uma realidade quântica.

Essa realidade quântica tem onze dimensões.

Ou seja, o vórtice de luz da alma também tem onze dimensões.

Agora, Haris pensava novamente que sua viagem ao mundo grego antigo — na forma de matéria etérea — talvez fosse uma visita a uma dessas dimensões.

Nosso objetivo, o alinhamento

Enquanto isso, Haris, junto com os homens da Atenas antiga que rodeavam Sócrates, ouvia atentamente as palavras do mestre.

— O Eu de Amor tem as qualidades da nossa alma — mencionou Sócrates. — O que somos chamados a fazer aqui é alinhar e harmonizar o nosso eu Egoico com o nosso Eu de Amor. Ou seja, somos chamados a manifestar as qualidades da nossa alma (o amor puro) enquanto estamos neste mundo material. Quando conseguimos alinhar nosso eu Egoico com o Eu de Amor, sentimos a luz dentro de nós. **Esse é o esplendor do ser humano.** Então podemos ter compaixão por nós mesmos, mas também pelos outros. Amamos a nós mesmos, mas também os outros. Lembre-se de que quanto mais profundamente estamos imersos no nosso eu Egoico, mais sofremos emocionalmente.

"Por que isso acontece? Porque nos sentimos mal por causa das interpretações que nós mesmos damos, de acordo com nosso sistema de crenças limitantes, a eventos que acontecem e nos dizem respeito. Mas não subestime essa dor emocional. Nem a critique. Porque essa dor tem um grande valor. Ela responde à segunda grande questão que mencionamos anteriormente: **Onde estou agora?**

"Então, pense... Será que, na verdade, essa dor emocional que sentimos é a bússola que nos mostra o caminho que precisamos seguir? Será que isso nos dá a oportunidade de expressar conscientemente a nossa intenção de nos conectar com a sublime energia dentro de nós? E como isso pode ser feito? Por meio do alinhamento, da harmonização do nosso eu Egoico com o Eu de Amor (ou seja, com a sublime energia dentro de nós). **Agora é a hora do nosso Eu!**

"Eu acredito, de fato, que é por isso que viemos viver aqui. Para alcançar esse alinhamento, essa harmonização do nosso eu Egoico com o Eu de Amor."

A referência de Sócrates à missão de cada pessoa de alinhar e harmonizar seu eu Egoico com o Eu de Amor surpreendeu e também levantou algumas dúvidas entre seus discípulos.

— Mas eu me pergunto, mestre... Esse alinhamento é fácil a ponto de qualquer pessoa conseguir realizá-lo? — questionou um deles.

— Qualquer pessoa pode… No momento em que estiver pronta — respondeu Sócrates. — Cada pessoa está destinada a avançar no alinhamento, na harmonização do seu eu Egoico com o Eu de Amor. Porque é somente por meio desse alinhamento que se pode encontrar a verdadeira felicidade.

Tocando o coração das pessoas

Outro discípulo de Sócrates expressou então sua dúvida:

— Eu, às vezes, penso, mestre: por que algumas pessoas sofrem? Por que existe o mal? Não é injusto?

Então Sócrates sorriu. E depois respondeu:

— O mundo material em que vivemos agora é caracterizado pela dualidade. Isso ocorre porque é assim que se alcança o equilíbrio. A harmonia. Assim como existe o dia e a noite, o sol e a chuva, o calor e o frio, também existe o bem e o chamado "mal". Mas tudo tem sua utilidade. Até mesmo aquilo que é considerado "mal". Sabe por quê? Porque é o "mal" que define o bem.

"Pensem, por exemplo, em uma pessoa que tem forte tendência a comportamentos prejudiciais. Se alguém difama os outros, engana, rouba, isso significa que, no fundo, essa pessoa tem uma intensa sensação de falta. Sente-se inferior aos outros e tenta, com esses comportamentos, preencher o vazio que experimenta e obter algum resultado melhor em sua vida. Essa pessoa está profundamente imersa em seu eu Egoico. Está perturbada, inquieta e não sente paz interior. No entanto, esse estado emocional indica a necessidade de alinhar imediatamente seu eu Egoico com seu Grande Eu de Amor. Mas a decisão é apenas dela e precisa ser consciente. Porque só assim alguém pode se curar. Pode até ser necessário, para a proteção da sociedade, que essa pessoa fique sozinha em algum lugar por um tempo, para que perceba o impacto de seu comportamento tanto em si quanto nos outros.

"O que eu quero que vocês lembrem é que cada pessoa tem o seu próprio Grande Eu de Amor, que pode ser ativado a qualquer momento. Isso é algo que vocês podem facilmente observar. O método é simples. Se, em vez de atacar e criticar alguém que fez algo desagradável, vocês optarem por tratar essa pessoa com gentileza e simpatia, ela certamente responderá de maneira mais elevada e refinada. Porque vocês conseguiram tocar o coração dela.

"Saibam sempre de uma coisa: com amor verdadeiro e interesse genuíno, o coração das pessoas se abre. Até os corações mais fechados conseguem se abrir quando são tocados pelo amor. Ao oferecer generosamente a alguém o amor que tanto anseia, você ativa o Eu de Amor dessa pessoa. Dessa forma, você dá a ela um impulso para avançar no alinhamento, na harmonização do seu eu Egoico com o Eu de Amor.

"A partir daí, claro, é uma escolha consciente dela seguir ou não esse processo libertador. Nossa missão, no entanto, é ajudar as outras pessoas a despertarem o seu Eu de Amor. Portanto, precisamos criar um espaço emocional seguro para elas, que lhes permita encontrar a paz interior. Isso as incentivará a brilhar. Chegar ao ponto de ajudar os outros a alinhar o eu Egoico com o Eu de Amor significa que nós mesmos já conseguimos alcançar isso."

Naquele momento, Aristipo expressou uma dúvida a Sócrates, que parecia preocupá-lo:

— Ouço com atenção o que o senhor diz, mestre... Mas como se pode envolver alguém com amor quando as ações dessa pessoa são desonrosas?

— Vou inverter a sua pergunta — respondeu Sócrates. — Por que desaprovamos de modo tão persistente e severo as pessoas que cometem atos infelizes? Será que, quando fazemos isso, também estamos profundamente mergulhados no nosso eu Egoico? Será que reagimos com medo e insegurança porque também sentimos medo e insegurança? Porque, lembrem-se, quando estamos profundamente mergulhados no eu Egoico, de fato sentimos medo e insegurança. Mas, quando estamos no Eu de Amor, sentimos amor e segurança. Na verdade, existem apenas dois sentimentos básicos: o amor e o medo.

“A minha religião é o amor”

— Vamos começar aqui, agora, a extrair o bem das outras pessoas. Assim, nos tornaremos muito melhores, e todos ao nosso redor se tornarão também — disse Sócrates. Então, continuou: — Precisamos aprender a colocar o bem em foco. O bem está em toda parte. Mas, na maioria das vezes, nós, seres humanos, temos o hábito de nos fixar em algo que nos desagrada e nos machuca. E direcionamos nossos pensamentos para isso, ignorando o que é bom.

Haris descobriu que ele também fazia a mesma coisa. Mas ele não era o único. Todos os alunos de Sócrates pareciam reconhecer em suas palavras os próprios comportamentos.

Um dos discípulos do filósofo reagiu imediatamente, fazendo uma pergunta que havia acabado de surgir em sua mente:

— Eu nunca tinha pensado assim, mestre. Mas agora que o senhor abordou o assunto, percebo que é verdade. Mas como alguém pode mudar esse hábito e passar a pôr o bem em foco? Como isso pode ser feito?

Sócrates olhou para ele e sorriu. Então, dirigiu-se a todos e falou:

— Há uma maneira de aprender a colocar o bem em foco. É um método simples. Todas as noites, pouco antes de dormir, podemos revisar o que aconteceu durante o dia e nos fazer duas perguntas.

"A primeira pergunta é: **O que de bom eu fiz hoje por mim mesmo?** Existem muitas coisas boas que alguém pode fazer por si mesmo. Todas têm valor, mesmo as mais simples, pois mostram o cuidado e o amor que temos por nós. Então, vamos selecionar uma dessas boas ações que fizemos.

"O segundo questionamento é: **O que de bom eu fiz hoje por outra pessoa?** Esse gesto positivo pode variar desde uma ajuda prática que oferecemos a alguém até uma palavra de apoio que damos a uma pessoa em um momento de vulnerabilidade. Ao responder a essa segunda pergunta, selecionamos novamente um ato de bondade, mas desta vez voltado para o próximo.

"Em seguida, começamos a concentrar nosso pensamento nesses dois atos específicos de bondade do nosso dia (um para nós mesmos e outro para outra pessoa). Dessa forma, concentramos nossa atenção no bem e lhe damos energia, para que ele se repita e ocupe um espaço ainda maior em nossa rotina. Pouco antes de dormir, sentimos intensamente o bem do dia que passou. E descobrimos que o bem existe ao nosso redor e também dentro de nós. Podemos, inclusive, nos tornar protagonistas diários do bem. Tanto para nós mesmos quanto para os outros.

"É dessa forma que demonstramos amor por nós mesmos e pelos outros. E por isso digo a vocês: amem a si mesmos. Amem os outros. **O Amor é uma religião por si só que pode nos unir.** Porque é uma religião de compreensão, empatia, compaixão e bondade, tanto para conosco quanto para toda e qualquer existência em nosso mundo. Esse mesmo Amor existe no Eu de Amor de cada pessoa. Eu acredito no Amor. **O Amor é a minha religião. Minha religião é o Amor.**"

Naquele momento, Haris sentiu uma intensa carga emocional. Não só pelas palavras que ouvia de Sócrates, mas também pela convicção com que ele as defendia.

A fé no próprio ser humano. No Eu de Amor de cada um.

Após alguns momentos de reflexão, uma voz masculina se dirigiu a Sócrates:

— Ouço com atenção o que o senhor diz, mestre. O senhor nos falou sobre o alinhamento entre o eu Egoico e o Eu de Amor de cada pessoa. Então, quero lhe perguntar algo: quando alguém consegue fazer esse alinhamento, isso significa que não terá mais sentimentos ruins?

Os lábios de Sócrates se curvaram suavemente em um sorriso, que carregava uma compreensão infinita.

— Quando uma pessoa alinha, harmoniza seu eu Egoico com seu Eu de Amor, isso não significa que ela transcenda sua natureza e deixe de ser o que o ser humano é: uma tríade (corpo físico, eu Egoico e Eu de Amor). No mundo material em que vivemos, essas três partes são igualmente necessárias e merecem nosso respeito. Assim, quando uma pessoa consegue alinhar seu eu Egoico com o Eu de Amor, não significa que vai parar de sofrer emocionalmente. É uma pessoa e continuará uma pessoa.

"Portanto, a dor emocional (que é um indicador do eu Egoico) faz parte da natureza humana e não podemos eliminá-la. Todos nós, então, sempre nos deparamos com situações que consideramos desconfortáveis e que nos causam sofrimento. No entanto, a intensidade e a duração dessa dor emocional têm importância crucial. Alinhando nosso eu Egoico com o Eu de Amor, conseguimos reduzir em muito a intensidade e a duração dessa dor. E isso, como você pode imaginar, é um enorme ganho.

— E como podemos alcançar esse alinhamento? — perguntou o mesmo homem.

— Em primeiro lugar, precisamos ter uma intenção clara de avançar em direção a ele. Depois, devemos nos certificar de que produzimos em nós mesmos emoções como compreensão, empatia, compaixão, calma, alegria, apreço, respeito, gratidão — respondeu Sócrates. — Ou seja, precisamos produzir e emitir algo belo. Por isso, meu caro, agora eu lhe digo o seguinte: **Não há nada que você precise aprender, mas há algo que você precisa sentir!**

“Sinta-se bem! Sinta-se bem agora! Porque se sentindo bem agora, você muda todos os seus amanhãs. O maior segredo é simplesmente se sentir bem. Quanto melhor alguém se sente, mais bela se torna a realidade em que vive.”

Naquele momento, passou pela mente de Haris a famosa Lei da Atração, segundo a qual você atrai para sua vida aquilo que pensa e sente.

O Universo não pune você, nem o recompensa.

O Universo responde às vibrações que você emite.

A crítica oculta uma comparação

Seguiram-se algumas pausas de silêncio e reflexão. O olhar de Sócrates, enquanto observava seus alunos, refletia paz interior, mas também algo mais.

— Enquanto olho para vocês, quero expressar a profunda gratidão que sinto por estarmos todos aqui agora, discutindo sobre o HUMANO. Dissemos que do (eu) díptico passamos ao (eu) tríptico! **Agora é a hora do nosso Eu!** No díptico, éramos o resultado de uma forma de pensar baseada na separação, na competição, na comparação. Sentíamos fortemente que cada um de nós estava sozinho. Que éramos separados uns dos outros. Queríamos controlar tudo e todos, criticávamos constantemente tudo e todos. A crítica, a condenação, era fundamental na nossa vida.

"A partir de agora, porém, deixamos o díptico que pensávamos ser e vamos para o tríptico que realmente somos. Assim, toda vez que começamos a criticar alguém e insistimos nessa crítica, precisamos fazer as seguintes perguntas: **Por que estou criticando essa pessoa agora? Será que essa crítica, na verdade, esconde alguma comparação que estou fazendo entre mim e essa pessoa específica?**

"Atenção! Inicialmente, podemos negar que estamos nos comparando com alguém. Mas talvez estejamos pensando: **Se eu estivesse no lugar dessa pessoa, agiria de forma diferente?**

"Então, ao perceber que, na verdade, estamos fazendo essa comparação, devemos nos perguntar em seguida: **Por que estou me comparando com essa pessoa agora? O que eu não enxergo em mim que faz com que eu me compare com essa pessoa?**

"Essas perguntas nos levarão a uma grande verdade não dita. À revelação da fragilidade que sentimos. Talvez sintamos que não temos valor. Talvez sintamos que não temos habilidades para alcançar algo que essa pessoa específica possui. Saiba, no entanto, que qualquer crença limitante que esteja por trás dessa comparação está profundamente enraizada em nós e não só nos causa dor, como também permitimos que ela defina quem somos.

“Portanto, voltamos à pergunta fundamental com a qual começamos nossa conversa de hoje: ‘**Quem sou eu?**’ Agora, no entanto, sabemos a resposta: **Eu sou tríptico!** E essa resposta, por si só, nos incentiva a nos conectar com a força que existe dentro de nós.”

A recompensa do alinhamento

— As perguntas que fazemos a nós mesmos são sempre muito importantes — enfatizou Sócrates naquele momento. — Sabe por quê? Porque elas revelam quem somos. Elas mostram o que realmente existe dentro de nós. Esse é, aliás, o motivo pelo qual os exorto: **conheçam a si mesmos!** A maioria das pessoas acredita que conhece a si mesma. Mas, na realidade, não nos conhecemos verdadeiramente. Por isso, conheçam a si mesmos!

Haris ouviu de Sócrates a famosa expressão: **"conhece-te a ti mesmo."**

Essa expressão emblemática do mundo grego antigo se tornou um legado para todos e estabeleceu as bases do autoconhecimento.

Haris sabia, pelo que havia lido, da importância que Sócrates dava à vida virtuosa e à ideia de que todos deveriam vivenciar a felicidade.

Agora, portanto, ele compreendia que o acesso a esses conceitos, não apenas de modo teórico, mas em nível prático, acontecia por meio do alinhamento, da harmonização do eu Egoico com o Eu de Amor de cada pessoa.

Haris entendia agora que **todo o ensino de Sócrates destacava a natureza tríptica do ser humano, e esse era o arquétipo do conhecimento experiencial do mundo grego antigo.**

— O alinhamento revela a sua própria força, que não é de imposição, e sim de elevação e criação — afirmou Sócrates naquele momento. — Quando você alinha seu eu Egoico com o Eu de Amor, sente o valor do seu eu, mas ao mesmo tempo sente o valor de todos os outros ao redor. Você percebe que é parte importante do todo, sobre o qual pode exercer grande influência com seu comportamento. O seu alinhamento lhe dá uma recompensa inestimável. E essa recompensa é oferecida aqui, no lugar e no tempo presentes, onde você vive. Sabe qual é essa recompensa? **É a sensação de felicidade.** Porque é aí que você percebe que estar imbuído de amor por si mesmo e pelos outros, demonstrar ética, respeito e bondade, implica verdadeiro prazer. Portanto, quando você descobrir e vivenciar essa sensação de felicidade que o alinhamento do seu eu Egoico com o Eu de Amor proporciona, uma coisa é certa: o alinhamento se tornará sua escolha consciente.

Haris pensava em como a escolha da palavra "prazer" era acertada para descrever essa sensação de felicidade que Sócrates havia descrito.

Como é importante que esse "prazer" domine o cotidiano de alguém e seja o resultado de sua vida.

Haris sentia que sua admiração por Sócrates tinha se tornado ainda maior. E isso porque tudo o que o filósofo ensinava, ele próprio havia se preocupado em implementar antes.

Sócrates ensinava com palavras e pelo exemplo.

Não por acaso ele havia permanecido fiel aos seus valores até o fim, recusando-se a abandoná-los mesmo quando teve a oportunidade de evitar a condenação à morte que lhe fora imposta.

Haris tinha diante de si um homem simples. O homem mais simples que ele já havia conhecido. Mas também o mais livre internamente. Descalço, vestindo um manto surrado... E ainda assim... ninguém dava importância a essa aparência exterior.

Pois o próprio Sócrates não se importava com aquilo. Seu olhar insistia em manter o brilho de uma juventude eterna. A expressão de seu rosto emanava a serenidade de uma iluminação interior, e seu discurso transparecia claramente o profundo amor que ele sentia pela humanidade.

O reconhecimento da nossa força interior

Sócrates estava sentado, apoiando as duas mãos em seu bastão. Olhava seus discípulos com serenidade.

— Quero dizer algo mais, que ajudará vocês a perceberem a força do ser humano — anunciou ele. — Considerem o nosso corpo. Seu funcionamento. Vocês já se perguntaram como ocorre a respiração que nos mantém vivos? De que maneira o sangue circula em nossas veias? Como funciona a visão, o cérebro... Como sentimos tantas emoções que nos geram um humor correspondente? Como o nosso corpo colabora com a nossa vontade em cada momento, permitindo-nos caminhar quando queremos, trabalhar quando queremos, falar quando queremos, silenciar, observar algo?

"Se pensarem sobre tudo isso, perceberão que há uma harmonia admirável entre o corpo físico, os pensamentos e as emoções. Ou seja, a tríade que somos. Portanto, essa tríade, como um todo, possui uma inteligência que opera em alta vibração. Uma prova irrefutável da existência dessa alta inteligência é o funcionamento diário do nosso corpo. A cada momento que passa, há algo que cuida da colaboração harmônica dos órgãos corporais, do funcionamento dos pensamentos e das emoções que sentimos.

"Quando, portanto, nos conscientizamos de que somos um tríptico, a força que temos dentro de nós — e que em grande parte deixamos inutilizada — torna-se uma força consciente. Vamos reconhecer essa força. Vamos confiar nela, pois é ela que cuida da nossa própria vida, e comecemos a utilizá-la conscientemente. E o único modo de ativar ao máximo essa força é o alinhamento, a harmonia entre o nosso eu Egoico e o Eu de Amor."

Naquele momento, Sócrates se levantou, abriu os braços e estendeu-os como se estivesse abraçando todos os seus alunos e, mirando-os com seu olhar radiante, anunciou:

— Agora é a hora do nosso Eu! O que precisamos é da recordação do Eu! E foi exatamente isso o que fizemos nesta tarde. Lembramos quem somos. Somos seres trípticos! Somos a Força! — enfatizou, concluindo, com essas palavras, sua fala.

Na companhia de Platão

Após o discurso de Sócrates, havia uma sensação de elevação espiritual que não apenas Haris sentia, mas que ele também via refletida nas expressões vivazes dos rostos ao redor.

Aquele momento era tão agradável e prazeroso...

Todos se sentiam muito próximos uns dos outros. Eles trocavam opiniões sobre o que ouviram de Sócrates, em um clima de euforia geral.

Alguns dos alunos tomaram a iniciativa de organizar um simpósio ao ar livre, que aumentou o bom humor e deu um toque festivo ao encontro.

Eles trouxeram amêndoas, avelãs, nozes, além de figos secos doces e tortas recheadas com mel e queijo.

Então, colocaram todos esses alimentos diante deles, e um dos jovens providenciou o vinho.

Convidaram Sócrates a se sentar com eles e a acompanhá-los nesse momento mais descontraído. Ele aceitou de bom grado.

Haris sentiu como se estivesse entre amigos que conhecia havia muito tempo. Sentia-se bem próximo deles; sentia-se como um deles.

No entanto, seu olhar permanecia fixo em Sócrates. E agora...

Agora Haris percebia que estava a apenas alguns passos de distância do mestre. Como desejava se aproximar! Como queria tocá-lo, falar com ele, explicar quem era, expressar tudo o que sentia...

Não sabia por que, mas dentro de si tinha uma forte sensação de que poderia ter uma comunicação direta com o filósofo. Nessa hora, contudo, Sócrates conversava com alguns de seus discípulos. Isso desencorajou Haris de tomar a iniciativa de chegar mais perto dele.

No mesmo instante, notou ao seu lado uma conversa que havia captado o interesse de três homens. Entre eles estava o jovem Platão.

Platão...

Aquele que se tornaria o discípulo mais fiel de Sócrates. Naquela época, é claro, ninguém poderia imaginar o desdobramento que isso teria. Haris, porém, sabia.

Ele então se virou para esses três homens. Um deles falava com entusiasmo sobre a eficácia da aplicação dos ensinamentos de Sócrates. Isso atraiu ainda mais o interesse de Haris.

Ele o ouviu explicar a seus colegas o quanto havia se beneficiado na vida ao aplicar um método prático que aprendera com Sócrates para lidar com todas as situações desagradáveis pelas quais passava.

— Ele nos disse — falou o homem — que toda vez que acontece algo que nos desagrada e nossos pensamentos são pessimistas, resultando em sofrimento, precisamos fazer o seguinte: em primeiro lugar, é importante aceitar o que está acontecendo e nos afetando, por mais desagradável que pareça; em seguida, sentamo-nos em um lugar tranquilo e nos concentramos em nós mesmos; inspiramos e expiramos profundamente. Repetimos isso três vezes. Assim, conseguimos relaxar. Depois, fazemos a nós mesmos a seguinte pergunta: **"Meu Eu, como posso enxergar de outra maneira o que está acontecendo?"** Como Sócrates nos destacou — explicava o homem —, tudo o que pensamos e que nos provoca vários sentimentos é baseado em ideias que existem dentro de nós. Ou seja, em ideias que temos sobre qualquer coisa. Então, ao fazermos essa pergunta a nós mesmos, sabem o que conseguimos? Conseguimos nos comunicar com a força dentro de nós e, no fim, somos conduzidos a algo benéfico. Garanto a vocês que, desde que comecei a aplicar isso na minha vida, sempre consigo encontrar soluções que antes eu não enxergava. É realmente incrível! Por isso, incentivo todos que conheço a aplicar esse método. Como estou fazendo agora com vocês.

Da teoria à prática

Enquanto Haris ouvia o que aquele homem dizia, principalmente o modo entusiasmado com que narrava, ele percebeu uma semelhança com a própria vida.

Nos últimos anos, ele vivera uma realidade muito desagradável. Além disso, estava diante de uma grande perda.

A morte de seu pai. Esse acontecimento lhe trouxe apenas pensamentos negativos. Negativos e amargos. Muito amargos...

No entanto, inspirado pelo que tinha acabado de ouvir, Haris se perguntou: *como eu poderia lidar com essa perda de uma maneira diferente e me sentir melhor?*

Havia alguma forma de se sentir melhor?

Talvez ele pudesse aplicar o que acabara de ouvir.

E, na verdade, faria isso imediatamente.

Ele estava ansioso para descobrir se o método que aquele homem tinha aprendido com Sócrates poderia ter algum efeito em sua própria vida.

A primeira coisa que fez foi tentar enxergar com serenidade a realidade desagradável que vinha enfrentando.

Aceitá-la como era.

Em seguida, Haris se afastou um pouco da companhia dos três homens e sentou-se em uma pedra.

Ficou sozinho.

Inspirou profundamente e expirou três vezes.

Assim que começou a relaxar, pensou na perda do pai e fez a si mesmo a pergunta que ouviu mais cedo: **"Meu Eu, como posso enxergar de outra maneira o que está acontecendo?"**

A sede de Haris por encontrar uma resposta era tamanha que todo o seu ser ficou estático, aguardando.

E então...

Ele sentiu algo realmente inesperado.

A sensação que se espalhou dentro dele foi de uma profunda e sincera ternura pelo seu Eu.

Era a primeira vez que Haris se dirigia ao seu Eu dessa forma, e ele se sentia como uma criança pedindo ajuda a alguém próximo, em quem confia completamente, de modo incondicional.

Na verdade, ele estava reconhecendo em si mesmo um valor indiscutível e muito importante.

E então experimentou algo maravilhoso.

Notou que, de repente, se libertou de um peso.

Um peso que muitas vezes o assolava e que agora percebia estar, na verdade, desorientando-o, ofuscando sua mente.

Novos caminhos começaram a se abrir, caminhos que até pouco tempo atrás ele não havia reparado, não havia constatado que existiam.

Um pensamento, de fato, desencadeava outro.

Haris então refletiu, pela primeira vez, sobre como havia sido egoísta em sua maneira de lidar com a perda do pai.

Seu pai havia sofrido por um longo período. Agora, finalmente estava em paz.

Por que ele tinha ignorado isso?

Por outro lado, havia também sua mãe, uma mulher que estava exausta e que, junto com a irmã dele, assumira integralmente os cuidados do pai.

Então, Haris se perguntou: *por que ele não havia pensado que essas duas mulheres precisavam, em algum momento, de um alívio desse fardo para que pudessem cuidar mais de si mesmas e da própria vida?*

Haris encarava agora o seu Eu. Olhava-o diretamente nos olhos. Já não havia mais nada entre eles que ofuscasse a realidade. Não havia mais necessidade de mediação entre eles.

Nenhuma pretensão. Nenhuma desculpa. Nenhum pretexto.

Estava na hora da verdade nua e crua. Somente a verdade poderia ficar agora entre ele e seu Eu.

No entanto, era também a verdade que poderia uni-los.

Ele precisava apenas de coragem. Nada mais.

E Haris sentia que naquele momento possuía a coragem necessária para admitir a verdade. Ele agora percebia que, no fundo, o que o havia perturbado mais do que a perda do pai eram as consequências dessa perda em sua própria vida.

Porque dali em diante ele teria de se manter sozinho, sem depender mais do apoio financeiro que o pai lhe dava.

Agora, ele precisava se sustentar, e sustentar sua família.

Não poderia mais ser um hóspede na casa dos pais, como fora até então.

Agora, Haris precisava tomar algumas decisões. Imediatas.

Não tinha mais o luxo de deixar o tempo passar inutilmente, esperando encontrar um emprego com remuneração satisfatória.

Estava na hora de admitir finalmente que o ciclo de sua carreira como jornalista havia se encerrado.

Era um homem jovem, com energia e dinamismo. Ele estava certo de que poderia fazer outras coisas. Tinha muitas possibilidades.

Havia oportunidades que talvez ele ainda não tivesse visto.

Agora, pensando bem...

Seu primo, que trabalhava com empreendimentos hoteleiros, havia alugado um prédio no centro de Atenas e recentemente o transformara em um pequeno e elegante hotel. Ele pediu a Haris que trabalhasse como gerente. No entanto, Haris havia gentilmente recusado na época.

Talvez fosse o momento de reconsiderar a proposta.

Haris começava a se sentir mais confiante.

Essa sensação de confiança só crescia dentro dele e o tornava mais forte.

Era uma sensação tão boa...

Haris ficou impressionado ao perceber que todo o raciocínio que o havia levado por esse caminho, que ele agora poderia seguir, tinha surgido daquela pergunta aparentemente simples.

Ele havia adquirido, então, experiência em fazer perguntas para o seu Eu. E agora compreendia, mais uma vez, como Sócrates era extraordinário.

Porque ele não ensinava apenas teoria. Ele ensinava uma prática.

E essa prática impactava diretamente cada pessoa.

Pessoa grata

Haris se aproximou novamente do grupo e voltou sua atenção para o mesmo homem, que continuava a falar com entusiasmo.

— Há algo mais importante que aprendi com o que Sócrates nos disse, e isso também me ajudou muito — afirmou ele. E continuou: — Quando não nos sentimos bem e temos fortes sentimentos negativos, há uma pergunta que podemos fazer a nós mesmos e que logo nos faz sentir melhor. Sabem qual é essa pergunta? **Por quais motivos eu posso, neste momento, ser grato?**

"Por exemplo, eu, agora, sinto-me grato por estar neste lugar bonito e ter a oportunidade de ouvir o mestre Sócrates. Sou grato por me sentir saudável, forte e por estar conversando com vocês. Quando respondemos a essa pergunta, avançamos para uma questão mais ampla: **Por quais motivos posso, em geral, ser grato na minha vida?**

"Posso garantir que, quando você começa a responder a essa pergunta, surgem constantemente motivos para se sentir grato. No meu caso, mal sei por onde começar. Por ter tido a sorte de nascer e viver em nossa gloriosa cidade, Atenas? Por ter uma boa família? Por poder ir diariamente à Ágora encontrar meus amigos? Por participar de banquetes e me divertir, ou assistir a peças de teatro? Pelo fato de poder tomar decisões com meus concidadãos sobre os assuntos que nos afetam?

"Todos os dias acrescento algo diferente. Porque realmente há muitos motivos pelos quais alguém pode se sentir agradecido. E, quando você começa a listar alguns desses motivos, você imediatamente se sente melhor."

A vida num jardim

Haris ouvia com muita atenção tudo o que era dito. Em determinado momento, o homem mais velho, que naquela tarde havia acompanhado Platão à palestra de Sócrates, interveio na discussão:

— Tenho algo a dizer-lhes também — anunciou ele, dirigindo-se aos outros dois homens do grupo. — O motivo pelo qual sugeri que meu jovem amigo viesse hoje comigo aqui — continuou, olhando para Platão — é para que ele formasse uma opinião clara sobre Sócrates, sem ser influenciado por mim. Mas a verdade é que eu sabia, desde o início, que ele ficaria fascinado pelos ensinamentos do filósofo.

Platão assentiu para seu amigo, que prosseguiu:

— Esse método de Sócrates, que se baseia nas perguntas que fazemos a nós mesmos...

Ou seja, o famoso método maiêutico, pensou naquele momento Haris.

— ... acredito firmemente — continuou o amigo de Platão — que seja o único caminho, o caminho máximo para encontrarmos as respostas de tudo o que nos preocupa.

— Também estou começando a acreditar nisso! — concordou Platão, e acrescentou: — Sócrates é um grande mestre!

— É verdade. Sócrates sabe de tantas coisas... — disse o amigo de Platão, dirigindo-se a ele. E continuou: — Você se lembra quando eu comentei que a natureza na qual vivemos é um grande jardim que nos acolhe com amor e que tudo o que ela pede de nós, meros organismos dentro desse jardim, é retribuir o amor cuidando dele?

Platão assentiu com a cabeça.

— Claro que lembro! — respondeu.

Haris percebeu que, de fato, o meio ambiente em que o homem vive poderia ser caracterizado como um grande jardim e todos nós, que o habitamos, somos organismos desse jardim.

Nós nos adaptamos a ele, vivemos nele, evoluímos nele.

Portanto, é necessário estarmos em harmonia com ele e, como seres inteligentes, cuidar para mantê-lo, de modo a preservar a harmonia que existe nesse ambiente. Isso afeta todos os organismos que nele vivem, o que inclui também nós, seres humanos.

O amigo de Platão acrescentou então:

— Como Sócrates diz, é hora de começarmos a pensar com base no NÓS. E, quando digo "NÓS", não me refiro a nós como atenienses, ou aos cidadãos de Esparta como espartanos, nem mesmo a nós como seres humanos em geral. O conceito de "NÓS" é muito mais amplo e inclui tudo o que existe nesse grande jardim. Tudo o que existe em nosso mundo natural: plantas, animais, tudo o que nos rodeia... Todos merecem nosso respeito e cuidado, pois todos fazem parte desse imenso jardim. E a harmonia da nossa vida depende da harmonia que existe nele.

Haris ficou impressionado com o desenvolvimento do raciocínio que ouviu. Considerava essa análise tão pioneira para a época, mas também tão sábia.

Porém, na realidade em que Haris vivia, séculos depois, era isso o que acontecia?

Imagens do mundo moderno vieram à sua mente, em que a maioria das pessoas estava envolvida em uma luta pessoal pela sobrevivência, transformando o ambiente natural, esse jardim, em um campo de competição desenfreada.

O interesse pessoal sacrifica o interesse coletivo, e o homem destrói o ambiente em que vive sem pensar nas consequências.

E as consequências não são teóricas nem distantes. Já estamos todos enfrentando-as. Lidamos com elas diariamente.

Mas as pessoas continuam no mesmo caminho, sem refletir.

Muitas vezes, o próprio Haris se perguntava por que isso acontecia. Agora, no entanto, ele entendia.

Entendia que a maioria das pessoas se sente, na verdade, alienada do ambiente natural onde vive. Acham que estão desconectadas dele. Não percebem que também fazem parte dele.

Não percebem que são parte de um ecossistema regido por harmonia e equilíbrio, e que o ser humano — com a força que sua consciência de alta vibração, sua inteligência, lhe proporciona — precisa ser o garantidor dessa harmonia e desse equilíbrio.

Agora, Haris percebia o quão urgente era mudar a maneira como tratamos o nosso meio ambiente.

Precisamos, finalmente, sentir que somos parte dele e que estamos inextricavelmente conectados. Por isso, precisamos cuidar dele.

Mas será que isso poderia acontecer de fato?

Haris pensava que, geralmente, cuidamos daquilo que amamos.

Então, chegou a hora de primeiro aceitarmos e amarmos verdadeiramente a nós mesmos, de nos enchermos de amor, para depois espalharmos esse amor a tudo o que nos rodeia.

Diante de Sócrates

O olhar de Haris voltou-se novamente para Sócrates. Ele o viu sentado sozinho em um canto, olhando para todos com o amor de um pai para os filhos. Essa era a oportunidade pela qual Haris esperava havia algum tempo.

Agora, ele finalmente podia se aproximar e expressar sua gratidão por tudo o que tinha aprendido naquela tarde.

Então, começou a se mover lentamente em direção a ele.

À medida que seus passos o aproximavam de Sócrates, Haris sentia os batimentos do coração acelerarem. Sentia impaciência, emoção, anseio, entusiasmo, assombro...

Todos esses sentimentos se revolviam dentro dele. No entanto, seu olhar permanecia focado no rosto de Sócrates.

Seus passos começaram a ficar ainda mais lentos.

Era como se ele fosse ficando mais tímido enquanto se aproximava daquele homem que Haris pensava, com razão, ser considerado o mais ilustre da história.

Estava agora diante de Sócrates. Seus olhares se encontraram.

Aquele momento foi o ápice para Haris, pois ele imediatamente sentiu que havia uma comunicação entre os dois.

Sentia isso tão intensamente!

Haris continuou a olhar para ele, incapaz de murmurar uma única palavra. Mas sentia que Sócrates entendia. Que ele podia ler a verdade refletida em seu olhar.

De uma maneira inexplicável, ele sentia a aceitação, a compreensão, a simpatia e a doçura daquele homem o envolverem.

Aquele foi um momento grandioso para Haris. E então…

Com um sopro, da antiga Atenas à contemporânea

Um vento forte envolveu o corpo de Haris de repente, tocando sua pele com um frescor úmido. Ele abriu os olhos. Ficou surpreso.

Olhou ao redor com espanto, procurando uma continuidade do que estava vivendo.

Mas...

Não via mais Sócrates à sua frente.

Nem se encontrava mais entre os discípulos do mestre. Nada estava como antes.

Haris se sentiu estranho. Sentia que algo lhe faltava. Sentiu isso muito intensamente!

Já sentia saudade daquela sensação tão agradável de aceitação, serenidade, bondade. Não sabia exatamente como descrevê-la — uma sensação que havia aquecido seu coração enquanto estava perto de Sócrates.

Ou melhor…

… agora Haris começava a perceber que o que ele havia sentido era, na verdade, amor.

Então, essa era a sensação do amor. Do amor verdadeiro, puro, sobre o qual Sócrates falava.

Enquanto recordava os ensinamentos do filósofo, que ele havia presenciado naquela tarde, Haris descobriu que eram imbuídos e baseados no amor.

No verdadeiro amor de Sócrates pelo ser humano.

Agora, Haris compreendia o que significava esse amor em que Sócrates acreditava.

Significava reconhecer o valor de cada pessoa. Independentemente de quem seja.

Sem discriminação.

Porque cada pessoa é uma Energia.

Uma Energia Humana.

E, toda vez que você encontra alguém, você encontra essencialmente uma energia humana.

Amor pelo ser humano, portanto, significa respeito e apreciação por cada energia humana que se manifesta no espaço-tempo.

Amor pelo ser humano significa que você se alegra toda vez que encontra outra pessoa.

Você valoriza a comunicação, o contato com ela.

Você observa como essa pessoa se manifesta e concretiza sua energia no espaço-tempo em que se move.

Seja qual for essa manifestação, você a compreende e a aceita. E, ao observá-la, ou você a desfruta ou aprende com ela.

Porque, em cada pessoa, você observa aspectos de seu próprio eu Egoico.

Agora, Haris sentia que havia aprendido ainda mais com Sócrates. E sua admiração pelo mestre se tornava bem mais profunda.

No entanto, esse sentimento de admiração não tinha o mesmo significado que Haris costumava atribuir até então. Dessa vez, não tinha relação com o fato de o outro ocupar uma posição melhor que ele, na sua perspectiva.

A admiração que Haris sentia agora era pela pessoa Sócrates, ao lado de quem aprendeu que cada ser humano tem o mesmo valor e possui a força para realizar tudo o que sua alma deseja.

Basta que ela conheça e sinta quem realmente é. Ou seja, o ser tríptico: corpo físico, eu Egoico, Eu de Amor (ou Eu Superior).

Basta que ela perceba que o Eu Superior não tem uma dimensão metafísica, nem é algo fora do ser humano. Ele está dentro do ser humano, é inerente a ele, faz parte de cada existência humana. É uma qualidade humana.

Por isso, Sócrates incentivava cada pessoa a se conhecer verdadeiramente.

Quando alguém percebe que é uma tríade (corpo físico, eu Egoico e Eu Superior), pode libertar-se de quaisquer sentimentos de inferioridade ou indignidade que sente em relação a qualquer outra pessoa.

A pessoa adquire consciência de suas próprias habilidades e potencialidades e se concentra nelas.

Dessa forma, deixa de depender de qualquer um que considerava até então mais importante do que ela. Ou seja, deixa de buscar a força fora de si.

Porque agora sabe que a força está dentro dela.

A conscientização da natureza tríptica de cada ser humano a liberta e a leva a abrir seu coração. Então, é fácil para ela admirar verdadeiramente alguém e reconhecer isso, porque sabe que ela própria também possui qualidades e habilidades que são dignas de admiração e que podem ser desenvolvidas.

Haris agora compreendia muito bem que a verdadeira admiração não implica comparação entre uma pessoa e outra.

Nem provoca sentimentos de inferioridade.

Na verdade, leva-nos à conscientização do valor e das capacidades que cada um possui.

Cada ser humano.

Ele percebia agora o quanto Sócrates era verdadeiramente iluminado. Era tão perspicaz, mas ao mesmo tempo tão acessível, tão agradável com os outros.

Ele se unia completamente a eles. Usava a linguagem com destreza, fosse para brincar com os outros — algo que ele mesmo apreciava —, fosse para discutir questões mais sérias. Era calmo, cheio de compreensão e amor por todos.

Ele parecia ter conseguido isso porque antes havia alinhado e harmonizado seu eu Egoico com seu Eu Superior.

E a essência do Eu Superior de cada pessoa é o amor, a alegria, a bondade, a justiça.

Por isso, por meio do seu Eu Superior, toda pessoa se expande.

Ela pode acomodar outros dentro de si. Abraçá-los.

Pode compartilhar a alegria deles. Alegrar-se verdadeiramente por eles.

Porque cada pessoa que está à sua frente é, na realidade, um outro Eu seu.

Haris sentia que agora conseguia compreender e também explicar tantas coisas... Ele entendia que uma pessoa conhece de fato a si mesma quando conhece a própria natureza tríptica.

Quando uma pessoa entende que é um ser tríptico, ou seja, que também tem a energia elevada dentro de si, ela pode despertar sua força.

Cada pessoa é dotada por natureza dessa força.

Portanto, a força não é privilégio de alguns.

Mas a maioria das pessoas não se dá conta disso. E assim elas escolhem entregar sua força aos outros.

Buscam fora de si as soluções para os problemas que as preocupam.

No entanto, isso é inútil e ingênuo.

Sócrates considerava tolos aqueles que consultavam o Oráculo de Delfos para obter respostas às suas perguntas, pois acreditava que as pessoas eram dotadas por natureza da capacidade de responder por si mesmas a todas as questões que as preocupavam.

Todas as respostas estão dentro de nós.

Assim como também estão as soluções para os problemas que enfrentamos. Podemos enxergá-las quando nos comunicamos com nossa força.

E adquirimos essa comunicação quando percebemos que somos seres trípticos e começamos a vivenciar a sensação dessa nossa natureza: corpo físico, eu Egoico, Eu Superior.

O retorno ao presente

O olhar de Haris voltou-se para a realidade que agora se apresentava diante dele.

Era uma tarde de inverno na Atenas contemporânea.

Haris percebeu que estava de volta ao seu próprio mundo.

À sua própria época.

À sua própria vida.

Para continuar exatamente de onde havia parado.

Ele ainda estava sentado no degrau do edifício neoclássico, em frente à Torre dos Ventos. Sua cabeça continuava apoiada na parede de mármore da entrada do edifício. Ele olhou para o rochedo sagrado da Acrópole e para o Partenon. Reencontrou diante de si o cenário que lhe era tão familiar.

E, ainda assim, aquela imagem tão diferente da Acrópole que ele havia visto no Século de Ouro de Péricles permanecia fresca em sua memória.

Com os antigos templos espalhados por sua superfície e, entre eles, o mais grandioso de todos, o Partenon, dedicado à deusa Atena.

Ele se lembrava das intensas emoções que sentira diante do Partenon em sua forma original, com suas representações entalhadas tão impressionantes e coloridas. Também se recordava da grandiosa estátua de Atena Prômacos, que ele tinha visto dominando o rochedo da Acrópole.

Por um momento, se sentiu dividido entre essas duas imagens: a que ele via agora e a que havia contemplado em sua viagem à antiga Atenas.

Ele olhou ao redor.

Tudo estava exatamente como antes.

Antes da viagem.

Nada indicava o que havia acontecido entre o "antes" e o "depois".

E, no entanto, tantas coisas tinham mudado. Silenciosamente.

Dentro dele.

Essa mudança agora se refletia no olhar vibrante de Haris, que havia se desvencilhado da sombra de tristeza que o acompanhara nos últimos anos.

Naquele momento, seus pensamentos se alinhavam às suas emoções, e no ponto de encontro de ambos havia a imagem de Sócrates.

Seu semblante sereno. Sua humildade.

Seu espírito.

Seu discurso repleto de simplicidade.

Todas essas experiências ficaram para sempre gravadas não apenas na mente, mas também no coração de Haris.

Como ele desejava que houvesse uma maneira de continuar essa viagem pela Atenas antiga.

Para ter a oportunidade de estar novamente ao lado de Sócrates. Ainda que apenas por pouco tempo.

Assim como havia encontrado Sócrates de maneira inesperada, também o mestre lhe havia desaparecido de vista.

Sócrates não estava mais diante dele.

Haris não o via mais.

Mas, de alguma forma, o mestre vivia dentro dele.

Parecia inacreditável que houvesse tido um encontro com Sócrates.

No entanto, aquela experiência foi tão poderosa que não deixou espaço para um questionamento racional.

De qualquer forma, ele possuía a maior prova dessa experiência.

Seu próprio Eu!

Embora Haris permanecesse a mesma pessoa, ele sentia como se tivesse renascido.

Agora, ele podia ver de forma diferente, não apenas a si mesmo, mas tudo ao seu redor.

Tudo se tornou novo para ele. Até mesmo o que ele já conhecia.

Porque agora ele possuía um olhar renovado.

Foi então que ele começou a perceber que a maneira como vemos a universalidade ao nosso redor deriva de como vemos a nós mesmos.

Agora, ao começar a se sentir bem consigo mesmo, ele podia descobrir a beleza da completude em volta dele. Agora que começava a valorizar a si mesmo, podia valorizar o que o cercava.

Era um maravilhoso recomeço.

Haris levantou novamente o olhar para o sagrado rochedo da Acrópole. Observou novamente o Partenon. Dentro dele ainda via a imagem do Partenon da antiga Atenas, com suas cores vivas.

E então ele sentiu algo único acontecer.

Era como se aquelas duas imagens estivessem à sua frente. Uma ao lado da outra. Elas, de fato, começaram a se aproximar até se fundirem... Tornaram-se uma... Tornaram-se a imagem que Haris via agora, assim como todas as outras pessoas.

Só que, para ele, este ponto exato, o sagrado rochedo da Acrópole, significaria muito mais. Seria o marco do lugar onde sua antiga e sua nova existência se encontraram.

Haris se levantou. Firmou-se de pé. Sentia-se forte.

Começou a caminhar em direção à casa dos pais. Começou a caminhar em sua vida.

Seu primeiro cuidado seria prestar honras ao seu pai como ele merecia.

Logo depois, começaria a criar a vida que desejava.

Agora sabia que podia e se sentia não apenas pronto, mas também ansioso por fazê-lo.

Enquanto andava pela rua, seus pensamentos giravam em torno dos ensinamentos de Sócrates, que o tinham moldado por inteiro.

Seu olhar estava iluminado.

Sentia-se também iluminado por dentro, vivo.

Então, ele começou a refletir que seu Eu Superior era, afinal, aquele que lhe permitira viver essa experiência única na antiga Atenas, porque era dessa experiência que ele precisava para poder avançar na vida.

Agora ele entendia... porque agora sentia que havia descoberto a luz dentro de si.

Era a luz da consciência de que ele também era um ser tríptico, assim como cada ser humano.

Corpo físico, eu Egoico, Eu de Amor ou Eu Superior.

A centelha divina dentro de nós

Haris se sentia uma nova pessoa.

Ele estava começando a compreender o sentimento de amor que havia recebido de Sócrates. Conseguia agora aceitar aquela parte de si que se magoava, que se irritava, que reagia, que se desesperava.

Não se voltava mais contra ela. Nem a negava.

Ele a reconhecia. Era dele. Era uma parte dele. Ele a abraçava.

Estava começando a amá-la também.

Foi então que ele conseguiu sentir o quanto aquela parte dele ansiava por esse amor. Pois, a partir daquele momento, Haris passou a encontrar paz interior.

Ele começou a se sentir bem. Ansiava por viver.

Não queria desperdiçar nem mais um dia sem viver plenamente.

Agora, Haris percebia que compreendia muito mais, tanto sobre si mesmo quanto sobre os outros.

Ele reafirmava dentro de si que o motivo pelo qual as pessoas sofrem, se entristecem, padecem e se angustiam é porque ignoram que são seres trípticos e vivem separadas de sua terceira parte. A parte que consideram distante de si mesmas: o Eu Superior.

No entanto, essa atitude em relação à vida não o surpreendia, pois ele agora conseguia entender por que as pessoas agem assim.

Porque não reconhecem a centelha divina dentro de si.

Elas consideram o divino algo que está fora da natureza humana.

Isso resulta em não reconhecerem a própria força e insistirem em sempre procurá-la fora de si.

Haris começou a refletir sobre o quanto a vida de todos mudaria drasticamente se cada pessoa tivesse a oportunidade de entender e perceber que é um ser tríptico. De começar a vivenciar a sensação de ser uma tríade. Ou seja, a sensação de que a energia elevada também está dentro de nós.

Além disso, enquanto ele processava esse pensamento, concluía que, mesmo do ponto de vista religioso, o fato de Deus ter criado o homem "à sua imagem e semelhança" confirma plenamente a existência da energia divina em cada ser humano.

Agora, Haris sentia que estava começando a ver com clareza. Ele percebeu que todo ser humano precisa redescobrir seu Eu e elevar-se acima do que acredita ser, para encontrar o que realmente é.

Para conhecer seu poder.

Sua verdadeira força, que nunca é egocêntrica.

Afinal, essa força está conectada com o Eu Superior de cada um e, por isso, não é bélica, mas criadora.

Não separa as pessoas, mas as une.

Quem, aliás, compreendeu o conceito do tríptico não pode deixar de ser uma pessoa modesta, que, ao reconhecer a própria força, reconhece também a força de cada ser humano.

Portanto, quando uma pessoa percebe que é um tríptico e começa a experimentar as três partes que existem nela, ativa a força dentro de si.

Assim, qualquer coisa que desejar, pode pedir a si mesma!

Porque, em resumo, a essência divina está dentro dela também!

Se Haris soubesse disso antes...

Se ele tivesse se conscientizado disso no passado, tudo teria sido diferente!

O momento da grande conscientização

A sensação que Haris tinha agora era tão maravilhosa que desejava que, em algum momento, todas as pessoas pudessem experimentá-la. Acreditava que todos os seres humanos mereciam sentir isso.

E podem.

Basta que cada um compreenda e comece a vivenciar o tríptico que é.

Mas o que significa compreender e vivenciar o tríptico que cada pessoa é?, refletiu Haris.

A resposta era tão simples que lhe veio de uma vez.

Significa que a pessoa reconhece, respeita e valoriza as três partes de si mesma. Desta forma, cada pessoa reconhece que a essência divina também está dentro dela!

Portanto, concluiu Haris, **nossas preces precisam se voltar para dentro de nós mesmos, para a essência divina dentro de nós, que faz parte da essência divina mais ampla e, assim, podemos nos comunicar diretamente com ela.**

E, quando Haris se referia a "prece", ele estava falando sobre a formulação de uma intenção clara (o que especificamente eu quero e por que eu quero isso).

No entanto, para chegar ao ponto de formular intenções claras, precisamos, em primeiro lugar, conhecer a nós mesmos.

Isso só pode ser feito por meio do autoconhecimento.

E, nesse caminho do autoconhecimento, o guia mais útil e eficaz é a formulação de perguntas para nós mesmos (o método socrático).

Esse método nos direciona para as respostas de que precisamos a fim de seguir em frente.

Resumidamente, o processo que seguimos é o seguinte: observamos a nós mesmos.

Nós nos vemos.

Reconhecemos nossos elementos limitantes, os aceitamos e expressamos nossa intenção clara de mudança, desde que, é claro, desejemos isso.

Aceitamos e amamos nosso eu Egoico, de onde emanam todos os nossos elementos limitantes.

Devemos lembrar, afinal, que sempre há uma razão para o nosso eu Egoico ser como é.

Haris havia aprendido que todos temos sombras dentro de nós. Sombras que esperam ser iluminadas. Por nós mesmos.

Porque somente nós podemos iluminá-las. Mas de que maneira?

Reconhecendo e tomando consciência das limitações que existem dentro de nós. Simples assim. Esse reconhecimento, essa conscientização, é o que ilumina nossas sombras.

Perguntas para nós mesmos

Enquanto andava pela rua, os passos de Haris eram firmes, dinâmicos e decididos.

Por dentro, ele estava cheio de energia. Toda essa energia se manifestava em cada movimento.

Ele ansiava por realizar tudo o que queria.

No entanto, pensava que, para alcançar tudo o que desejava, precisava estar completamente consciente de onde estava e para onde queria ir.

Como isso poderia ser feito?

A pergunta que acabara de surgir em sua mente o fez sorrir. Era como se Sócrates estivesse de novo à sua frente e lhe tivesse feito essa pergunta.

Haris, no entanto, sabia bem a resposta que lhe seria dada. Afinal, era uma resposta que ele havia aprendido com Sócrates.

Com perguntas para nós mesmos!

Então, Haris entrou nesse processo e chegou a três perguntas claras, que poderiam ser úteis tanto para ele quanto para qualquer outra pessoa.

A primeira pergunta é: **Onde estou hoje?**

Haris refletia que, qualquer que fosse a resposta a essa pergunta, mesmo quando estamos longe de onde gostaríamos de estar, é muito importante reconhecer os aspectos positivos que — certamente — existem no nosso presente e sentir gratidão por eles.

É indispensável começar a demonstrar gratidão por todos os aspectos positivos que já fazem parte de nossa vida.

Porque a verdadeira gratidão abre caminhos!

A segunda pergunta é: **Para onde quero ir?**

Haris percebeu que, por meio do autoconhecimento, nos aproximamos de nós mesmos e conseguimos reconhecer o que realmente queremos e por que queremos aquilo.

Portanto, a resposta para essa pergunta precisa estar alinhada com o que realmente desejamos, com o que preenche nosso coração.

A terceira pergunta é: **Se eu precisasse definir em uma só palavra o que quero na minha vida, qual seria ela?**

Haris pensava que nossa resposta a essa pergunta precisava ser absolutamente clara e precisa.

Essa resposta, que é apenas uma palavra, ilumina e revela o que queremos.

Haris sentiu que a palavra certa para ele seria CRIAÇÃO.

Então, escolheu essa palavra.

Além disso, ao trazer à mente essas três perguntas simples, ele chegou a uma conclusão muito útil.

Cada uma dessas perguntas responde essencialmente à pergunta básica: **Que tipo de pessoa eu quero ser?** (Criativa, alegre, tranquila...)

Essa pergunta básica precisa ser repetida constantemente, para nos lembrar do tipo de existência que desejamos experimentar.

Tudo é evolução

Por que, então, geralmente não somos claros sobre o que queremos?

Por que não agimos com base no que realmente desejamos?

Por que quase sempre há algo que insiste em nos conter?

Haris refletia sobre a própria vida nos últimos anos e sobre a confusão em que vivia. Agora, ele estava em posição de entender o que realmente havia acontecido com ele. Era exatamente o mesmo que acontece com a maioria das pessoas.

Ele percebeu, então, que muitas vezes surgem em nossas mentes pensamentos limitantes aos quais nos apegamos. Lentamente, é claro, começamos a nos identificar com eles. Começamos a nos tornar nossos próprios pensamentos limitantes!

Porém, qualquer pensamento que tenhamos sempre atrai (de acordo com a Lei da Atração) pensamentos semelhantes mais poderosos.

Desse modo, os pensamentos limitantes se agigantam dentro de nós, criando vários problemas que dominam nossa mente e, consequentemente, nossa vida.

Por isso, Haris agora entendia ainda mais a importância de alinhar o eu Egoico e o Eu Superior de uma pessoa. Ele sabia agora que nosso Eu Superior sempre observa o eu Egoico de forma neutra, enquanto este produz pensamentos limitantes.

Assim, uma pessoa que tem consciência do tríptico que é não se identifica mais com esses pensamentos limitantes que passam por sua mente.

Ela não permite que esses pensamentos a definam e conduzam sua vida.

Ela os reconhece como meros pensamentos. Ou seja, como aquilo que realmente são.

Afinal, o que são os pensamentos?, Haris se perguntou. *São narrativas da mente, moldadas por crenças específicas e interpretações subjetivas.*

Ele sabia, claro, que os pensamentos limitantes sempre existiriam em todas as pessoas, pois emanavam do eu Egoico, que é uma das três partes do ser. Portanto, continuariam a existir na vida dele também.

Mas agora ele poderia evitar se identificar com esses pensamentos, como fazia no passado. Poderia deixá-los passar apenas tomando consciência deles.

Esse, afinal, era o grande valor de alinhar nosso eu Egoico e nosso Eu Superior.

E o caminho para alcançar esse alinhamento é simples, pensou Haris. *Afinal, a verdadeira grandeza está sempre na simplicidade.*

Para conseguirmos alinhar nosso eu Egoico e nosso Eu Superior, precisamos ter a intenção clara de nos mover do EU para o NÓS.

O nosso EU, claro, continuará a existir, e é necessário que exista.

Mas o nosso EU, ou seja, o que é bom para nós como indivíduos, agora existirá dentro do NÓS, isto é, dentro do bem coletivo.

Isso significa que o nosso bem individual precisa estar diretamente relacionado com o bem coletivo, ou seja, com o bem-estar da sociedade como um todo.

Haris agora entendia a importância de finalmente ampliarmos nossos horizontes. De pararmos de ver a nós mesmos de forma egoísta, míope, como uma unidade autônoma, e começarmos a nos ver como parte valiosa e criativa do todo maior.

Antes de fazermos qualquer coisa, devemos nos perguntar: **O que estou prestes a fazer agora serve tanto ao meu bem quanto ao bem coletivo?**

Se a resposta for positiva, é sinal de que estamos começando a nos mover do EU para o NÓS.

Devemos lembrar que somos parte da humanidade. **E o nosso Eu Superior é o que nos une uns aos outros.**

Com a mudança do EU para o NÓS, alcançamos o alinhamento entre o nosso eu Egoico e o Eu Superior.

E o NÓS é o que nos conduz ao fluxo universal, para recebermos tudo de que necessitamos.

Haris sentiu uma energia vibrante iluminar seus pensamentos, dando-lhes direção, força e velocidade.

Agora, tudo estava interligado, elucidando as respostas que ele procurava. Naquele momento, ele pensou:

No fim das contas, a única coisa de que realmente precisamos é uma intenção clara (o que especificamente queremos e por que queremos). Quando conseguimos alinhar o nosso eu Egoico com o Eu Superior (isto é, quando conseguimos nos mover do EU para o NÓS e, assim, alcançar a união), então nossas intenções se realizam por si mesmas!

Essa transição do EU para o NÓS é um passo evolutivo muito importante na história da humanidade!

Haris respirou fundo, e uma sensação de frescor encheu seus pulmões.

Ele se sentia renovado. Literalmente renascido. Era um novo Haris.

Ele se sentia grato por viver naquele momento presente que lhe permitia ser o criador consciente da própria vida.

Ele começou então a pensar que o propósito do Universo é manifestar cada vez mais consciência.

Portanto, o ser humano, como parte do Universo, também tem como propósito evoluir e desenvolver sua própria consciência. Assim, o sentido da vida de cada pessoa é ela mesma. A sua evolução.

Porque, afinal, tudo é evolução...

Tudo é crescimento!

Um guia passo a passo

Agora, tudo parecia muito simples, perfeitamente claro na mente de Haris. Ele entendia que a conquista de sua felicidade dependia exclusivamente dele mesmo.

Porque cada pessoa, com seus pensamentos e sentimentos, emite vibrações correspondentes para o Universo, e essas vibrações se concretizam nos resultados que ela experimenta.

Haris havia esclarecido para si mesmo que o Universo não favorece alguns, nem negligencia outros.

O Universo é neutro em relação a todos. Permite que cada pessoa siga seu próprio caminho de evolução, seja qual for.

Tudo estava tão claro agora para Haris... Naquele momento, uma ideia passou por sua mente, e ele ficou empolgado.

Era uma ideia excelente!

Ele poderia criar um manual com etapas simples que o orientasse na realização de seus próprios desejos. Ou seja, um guia passo a passo.

Sim, ele podia fazer isso.

Sentia um grande fluxo de energia dentro de si que o impulsionava a alcançar esse objetivo.

Então, começou a desenvolver essa ideia. Nunca antes ele havia sentido tanta clareza mental. Era como se tudo estivesse se organizando e se encaixando harmoniosamente, encontrando um lugar em seu raciocínio.

Assim, ele logo conseguiu elaborar esse guia passo a passo, como ele chamava. Estava certo de que seria eficaz tanto para ele quanto para qualquer outra pessoa que quisesse segui-lo.

Esse guia continha três passos simples:

a. Estar presente em cada momento da vida.

Com essa frase, Haris queria dizer que é necessário estarmos totalmente sintonizados com os momentos que estejamos vivendo. Em outras palavras, precisamos viver o presente, estar conscientemente presentes em cada "agora" que experienciamos.

Ele havia concluído que isso era muito importante e algo que a maioria das pessoas não fazia.

Por que não fazemos isso?

Porque geralmente nossa mente está presa ao passado, reciclando várias queixas, frustrações, culpas por ações ou omissões, ou olhando para o futuro com medo, preocupação e insegurança.

b. Tornar-nos observadores neutros daquilo que enfrentamos e focar no resultado desejado.

Com essa frase, Haris queria dizer que precisamos nos distanciar de qualquer questão que nos preocupe e observá-la com um olhar neutro.

Primeiro, nós a reconhecemos.

Em seguida, formulamos claramente nosso desejo sobre como queremos que a situação específica se resolva.

Ou seja, concentramos nosso pensamento no desfecho mais positivo para nós.

Haris, então, começou a refletir sobre a situação que ele mesmo tinha vivido nos últimos anos.

E se perguntou:

Essa situação que vivi de forma dolorosa emocionalmente, do jeito que vivi nos últimos anos, eu escolheria conscientemente passar por isso?

Essa pergunta o levava a uma resposta negativa óbvia. Ele estava certo de que todos os que já passaram ou estão passando por situações dolorosas na vida dariam a mesma resposta.

Ele concluiu, então, que, quando uma pessoa enfrenta uma situação emocionalmente desafiadora, isso certamente não é uma escolha consciente dela.

Essa abordagem oculta algo mais profundo.

Suas raízes estão no subconsciente da pessoa.

Talvez venham de memórias primitivas. Talvez sejam originárias de crenças limitantes aprendidas. Talvez resultem de sentimentos reprimidos.

O certo, no entanto, é que elas vêm de algum bloqueio interior.

No entanto, cada pessoa deve respeitar seu subconsciente.

Aceitar o que existe lá, pois existe por algum motivo.

Ao mesmo tempo, há algo simples e eficaz que todos nós podemos fazer. E é o seguinte: definir nossas intenções em relação a algo.

Como podemos definir claramente nossas intenções?

Concentrando nosso pensamento em para onde queremos ir.

Ou seja, não pensarmos constantemente em de onde queremos nos afastar, nem no que queremos evitar.

Pensemos o máximo possível em para onde queremos ir.

Então, vamos nos perguntar:

O que realmente desejamos?

O nosso coração anseia pelo quê?

O próprio Haris sentia agora que o que mais queria era progredir profissionalmente. Encontrar um bom emprego, com perspectivas, que correspondesse ao seu desejo de se sentir criativo, bem-sucedido e financeiramente independente.

Isso era algo que ele poderia alcançar, se, antes de mais nada, aceitasse a proposta do primo para trabalhar no novo hotel.

No entanto, para alcançar o que ele desejava, era necessário algo mais. E esse era o terceiro passo, que ele definiu da seguinte forma:

c. Alinhar pensamento e bons sentimentos.

Haris escolheu a palavra "alinhar" para enfatizar o quanto é crucial combinar a intenção clara do que queremos (ao visualizar em nossa mente imagens vívidas do que desejamos) com um sentimento maravilhoso e forte que nos faça sentir bem com o que almejamos

Ou seja, é necessário sentir intensamente a alegria pelo que desejamos e nos transportar, primeiramente, para o novo estado de existência que queremos vivenciar.

Haris se lembrava, afinal, do seguinte: o pensamento sempre precede a realização.

Por isso, é muito importante nos transportarmos primeiro mentalmente para o novo estado de existência que queremos experimentar, para que, em seguida, a matéria siga e esse novo estado de existência se concretize.

No caso de Haris, ele queria demonstrar suas habilidades por meio de um trabalho criativo que pudesse lhe oferecer conforto financeiro e reconhecimento.

Para conseguir isso, então, ele precisava visualizar cotidianamente o novo estado de existência que queria experimentar, além de manter o sentimento maravilhoso de que desfrutava naquele momento.

Cultivar todos os dias esse sentimento maravilhoso.

Esse é o jeito de realizar algo que desejamos, pensava ele.

Durante o dia, visualizamos com frequência em nossa mente imagens do novo estado de existência que queremos vivenciar, como se já tivesse se realizado. Ou seja, consideramos como certa a sua realização.

Essas imagens que visualizamos precisam ser intensas, com cores vivas, e precisamos sentir algo espetacular enquanto as vemos.

Esse processo, além de ser prazeroso, é extremamente eficaz. Porque é muito importante lembrar o seguinte:

Cada pessoa é definida pela forma como pensa e sente!

Nossos sentimentos são a energia necessária para criar a nossa realidade.

E é essencial entender que somos nós que precisamos movimentar essa energia.

Ninguém mais, além de nós mesmos, vai movimentar a energia para moldar a nossa realidade.

Haris entendia isso muito bem agora. Ele percebia que, quando alguém quer muito intensamente algo, é a crença de que isso realmente pode acontecer que torna esse algo realidade!

Essa crença é uma fé na força de cada pessoa, que é parte da força universal!

Eu ou eu?

Haris pensava que a maioria das pessoas se sentia insegura e não acreditava em sua força, justamente porque não compreende que somos trípticos. Sentimos medo porque não entendemos a equação:

O meu eu Egoico + o meu Eu Superior = o criador da minha realidade.

Portanto, ele chegava novamente à conclusão: **tudo, absolutamente tudo, tem a ver com a forma como vemos o nosso Eu!**

Optamos por nos ver com um "Eu" maiúsculo (que significa que entendemos e vivenciamos o tríptico que somos) ou com um "eu" minúsculo (que significa que nos sentimos amedrontados, fracos e inferiores, exatamente por estarmos imersos demais em nosso eu Egoico)?

Quando reconhecemos quem realmente somos e percebemos que somos criadores, entendemos que cada um de nós carrega em si uma centelha divina.

Assim, Haris agora compreendia que cada pessoa é cuidada por sua divindade, seu Eu Superior.

Portanto, **o que cada um de nós precisa é do seu Eu. É o despertar da força que existe dentro de nós.**

Quando nos conectamos com nossa força interior, podemos criar a vida que queremos ter.

Porém, para conseguir isso, precisamos primeiro entender e vivenciar o tríptico que somos (corpo físico, eu Egoico e Eu Superior).

Então, descobrimos que, através de cada pessoa, o Universo, o Todo, se manifesta.

Ao vivenciarmos o tríptico que somos, sentiremos constantemente a proteção de nosso Eu Superior, bem como nosso verdadeiro valor. É assim que mudamos a maneira como nos vemos.

Enxergamos agora nosso Eu Superior como o nosso Eu.

Despertamos a força dentro de nós.

Conectamo-nos com ela.

E podemos permanecer conectados com ela enquanto tivermos consciência de quem realmente somos.

SOMOS UM TRÍPTICO.

Haris também pensava que, enquanto permanecermos no nosso eu Egoico, sempre estaremos limitados a tentar fazer algo.

Quantas vezes em nosso dia a dia dizemos: "Vou tentar fazer isso...", refletia ele.

No entanto, quando escolhemos o verbo "tentar", isso significa que sentimos antecipadamente que há obstáculos, que há resistência ao que queremos alcançar.

O uso constante do verbo "tentar" evidencia os obstáculos dos nossos pensamentos e a nossa própria fraqueza.

Mas, se deslocarmos a atenção dos pensamentos limitantes do nosso eu Egoico para a força dentro de nós, não precisaremos mais nos esforçar para alcançar algo que desejamos.

Vamos compreender que tudo pode ser feito, e de fato será feito, no momento certo para cada um de nós.

Tudo, absolutamente tudo, que desejamos de verdade se realiza.

Porque o criador não tenta criar. O criador simplesmente cria!

Nasce uma nova consciência

Ao ter esses pensamentos, Haris sentia que o que ele queria agora era honrar seu pai — despedindo-se dele como ele merecia — e logo depois começar a criar uma nova realidade em sua vida.

Em pouco tempo, ele estaria na casa de sua família. Pela primeira vez, desde a morte do pai, ele encontraria a mãe e a irmã.

No entanto, ele se sentia fortalecido.

Não sentia mais aquele peso insuportável da amargura e do desespero.

Mais uma vez, então, Haris percebia o efeito catalisador que aquele encontro com Sócrates tivera sobre ele. Ele estava no caminho para iniciar uma mudança significativa em si mesmo.

Ele sabia, é claro, que toda aquela experiência inacreditável que tinha vivido não podia ser compreendida pela parte racional da mente.

No entanto, aquele episódio foi uma experiência tão intensa que o transformou para sempre.

Enquanto fazia essa reflexão, um pensamento inesperado lhe ocorreu. Ele lembrou que, quando se deparou com Sócrates, havia usado a câmera do celular para capturar aquele encontro inimaginável.

Será que ele realmente usou o celular?

O celular que agora estava no bolso da calça?

Esse pensamento o deixou inquieto. Imediatamente, seu coração começou a bater acelerado. Com um movimento rápido, ele tirou o telefone do bolso. Ao desbloqueá-lo, percebeu que havia um novo vídeo.

Seus dedos tremiam.

Prendendo a respiração, ele apertou o *play*. Então, na tela, apareceu uma luz branca perolada. Essa luz branca brilhante permaneceu durante todo o vídeo.

Haris sorriu. Sentiu-se calmo novamente. Ele percebia que toda a sua ansiedade por causa daquele vídeo vinha de uma necessidade do seu eu Egoico de confirmar a existência daquela experiência.

Mas agora ele escolheu não se concentrar nisso.

Colocou o telefone de volta no bolso. Compreendeu que, na verdade, a existência daquele vídeo não tinha importância alguma.

Não provava nada.

Mas também não precisava provar. Para ninguém. Nem para ele mesmo.

Afinal, tudo o que ele havia vivido era o que tinha verdadeiro significado, e isso agora estava gravado de forma indelével dentro dele.

A imagem de Sócrates veio novamente à mente de Haris, como no momento em que o encontrou pela primeira vez.

Era como se o tom sereno da voz do filósofo ressoasse nos ouvidos de Haris, dizendo as palavras que o haviam tocado.

Ele se lembraria para sempre de cada momento, cada detalhe daquele encontro.

Uma das coisas mais importantes que tinha aprendido era a importância do alinhamento entre o eu Egoico e o Eu Superior, e como esse alinhamento poderia ser alcançado.

Haris estava agora refletindo sobre como, até hoje, a maioria das pessoas faz quase todas as escolhas usando apenas a mente.

Seguimos o que nossa lógica dita. A lógica que cada um de nós possui.

Em outras palavras, seguimos fielmente o caminho que o eu Egoico nos indica.

Os comandos para nós mesmos são dados principalmente pela nossa mente.

No entanto, nossa mente é influenciada tanto pelas crenças limitantes que cada um possui quanto pelo inconsciente coletivo. É por isso que não conseguimos funcionar como criadores equilibrados.

Agora, porém, Haris percebia que havia outro caminho. Aplicando o alinhamento do eu Egoico com o Eu Superior, nasce uma nova consciência, que se torna responsável por nós, e isso é o que nos guia.

No entanto, não é necessário que alguém se sinta mal caso esteja cercado pelo seu eu Egoico e ainda não se sinta pronto para fazer o alinhamento.

Porque, simplesmente, isso significa que essa pessoa talvez precise de mais tempo. De mais aprendizado.

O alinhamento, no entanto, é algo que todos precisamos fazer em algum momento, pensava Haris.

Por qual motivo?

Porque a nova consciência (que surge do alinhamento do eu Egoico com o nosso Eu Superior) tem a capacidade de concretizar facilmente e sem esforço aquilo que desejamos.

Isso se deve ao fato de o nosso Eu Superior ser parte do Todo (ou seja, da Inteligência Universal).

O nosso Eu Superior se comunica diretamente com o Todo e recebe o que deseja.

Além disso, com o alinhamento do eu Egoico com o Eu Superior, aquilo que desejamos para nós é algo que serve não só ao nosso bem, mas ao bem maior. E, assim, esse bem comum encontra as condições favoráveis para acontecer.

Haris também achava que, se entendermos o tríptico que somos, perceberemos que todos os nossos elementos limitantes vêm do eu Egoico. Ou seja, do nosso condicionamento mental, da nossa formação, da nossa personalidade.

Portanto, o que inicialmente precisamos fazer é reconhecer a existência desses elementos limitantes que emanam do nosso eu Egoico.

Em seguida, precisamos aceitá-los.

Mas temos que parar de remoer, de ficar presos neles. Porque não somos apenas isso.

Somos muito mais.

Somos também o Eu Superior!

Portanto, precisamos reconhecer nosso Eu Superior e buscar o alinhamento entre o eu Egoico e o Eu Superior.

Com esse processo, automaticamente expressamos a aceitação do nosso eu Egoico.

Até agora, o que a maioria de nós fazia? Ficávamos feridos, sofrendo...

Isso acontecia porque, na verdade, estávamos entrando em conflito com o nosso eu Egoico, pois não conseguíamos aceitar os elementos limitantes dentro de nós que emanavam dele.

O alinhamento, porém, demonstra respeito pelo nosso eu Egoico.

Depois de todas essas reflexões, Haris chegou à conclusão de que o que realmente importa é amar verdadeiramente o seu eu Egoico.

Exatamente como ele é!

— Amar...

Um leve sorriso surgiu nos lábios de Haris.

Afinal, o que significa realmente amar? Ele se perguntou, percebendo o quanto o amor é um conceito mal compreendido. O quanto o temos distorcido com características egoístas que não lhe pertencem.

Haris agora sabia que o amor verdadeiro, autêntico, aquele que pode fazer alguém feliz, não tem nada a ver com a grande ideia egoísta que o Ego sugere, levando a comportamentos de arrogância e presunção.

Agora, Haris podia sentir o significado do verdadeiro amor. Porque, pela primeira vez, ele sentia que amava a si mesmo.

Pela primeira vez!

A identidade do verdadeiro amor

Haris sentia o amor como um toque suave, que o envolvia e alcançava o núcleo de sua existência, espalhando dentro dele uma energia terna de plenitude. Agora que vivenciava essa sensação especial, ele compreendia claramente o motivo de ter sofrido tanto no passado.

Isso acontecia porque ele amava de maneira egoísta uma imagem idealizada de si mesmo, que havia formado em sua mente por meio de seu sistema de crenças, ou seja, de seu Ego.

Exatamente o que a maioria das pessoas faz.

Amamos uma imagem idealizada de nós mesmos, aquela que gostaríamos de ser, e não a que realmente somos.

Mas, como não podemos ter essa imagem exatamente como a idealizamos egoisticamente em nossa mente, sofremos, nos sentimos atormentados e nos enchemos de sentimentos negativos.

Dessa forma, causamos resultados traumáticos tanto na relação que temos com nós mesmos quanto nas relações com as pessoas.

Em outras palavras, pensamos que amamos a nós mesmos, mas, na realidade, estamos longe disso.

Amamos apenas uma imagem idealizada — de acordo com nossas crenças — que gostaríamos de ter. Uma imagem fictícia, que acreditamos que nos distinguirá dos outros, que nos fará sentir superiores em comparação com eles.

No entanto, o amor verdadeiro, o amor autêntico, não impõe condições.

O amor verdadeiro não exclui.

O amor verdadeiro aceita e une.

Quando, então, amamos verdadeiramente a nós mesmos, amamo-nos exatamente como somos neste momento.

Isso significa que aceitamos a imagem que temos no momento presente: as características do nosso rosto e corpo, nossa origem, nosso nível educacional, nossa condição econômica, nossos erros, nossas fraquezas, mas também nossas virtudes, talentos e habilidades.

Ou seja, aceitamos e amamos tudo o que somos agora.

Após essas reflexões, Haris sentiu que o propósito de nossa experiência neste mundo é aprender a amar verdadeiramente quem somos.

Ele também sentiu que, quando chegarmos ao fim de nossa experiência neste mundo material, ao deixarmos esta vida, as imagens de tudo o que vivemos passarão como um cometa diante de nós.

E então nos perguntaremos o seguinte:

Será que amei de verdade quem eu era?

Notemos, então, que nossa presença neste mundo existe para sentirmos amor, que é o sentimento supremo!

Esse é o único critério pelo qual podemos avaliar se conseguimos ou não dar um significado essencial à experiência de vida que tivemos.

Porque, no fim, apenas o sentimento do amor permanece, e esse sentimento é o que levamos conosco.

Nada mais.

Nenhuma outra conquista, por mais grandiosa que seja. Nenhuma posse material, por mais magnífica que seja.

Tudo tem a ver com o sentimento de amor por nós mesmos e pelas outras existências em nosso mundo material.

E o amor verdadeiro, o amor autêntico, começa primeiro em nós e depois se desdobra para todas as outras criaturas.

Haris sentia que só uma coisa poderia separar as pessoas.

Existem pessoas que, na vida, amaram e foram muito amadas, e existem pessoas que não amaram e não foram muito amadas... ainda.

Então lhe veio à mente a imagem de seu pai. Era um homem bom e honesto, que amou sua família e, até o fim da vida, recebia diariamente o amor dos seus.

Os lábios de Haris se curvaram em um sorriso suave de alegria. Alegria por seu pai, que conseguiu experimentar o sentimento supremo do amor, o que certamente o acompanhava em sua jornada.

Haris se sentiu leve. Ele sabia que não havia nada mais a desejar para seu pai.

E, ao perceber isso, sentiu que se libertava de todo o peso da perda, que deu lugar a um sentimento de felicidade.

Ele começou a pensar em como era privilegiado, porque ainda tinha a oportunidade de recomeçar na vida.

Ele podia, então, começar uma nova fase com base neste critério: o verdadeiro amor por si mesmo.

Ele achava que era exatamente isso que cada pessoa deveria fazer.

Cada pessoa, em qualquer fase da vida, sempre tem essa oportunidade.

Não é necessário esperar até o fim para se perguntar se realmente amou a si mesmo.

Todos nós podemos fazer essa pergunta neste exato momento:

Será que amo de verdade quem eu sou?

Tudo depende da resposta a essa pergunta. Porque, quando nos aceitamos exatamente como somos, quando realmente nos amamos, então podemos fazer maravilhas com nosso corpo, nossa mente e nosso espírito.

Lembremos, afinal, que para qualquer pessoa fazer algo significativo na vida, a condição básica é gostar de si exatamente como é!

Portanto, é necessário cuidar de nós mesmos, prestar atenção em nós mesmos, nos valorizar e sentir alegria pela nossa existência.

Mas como sabemos se realmente amamos a nós mesmos?

Haris sentia a resposta.

Quando nos amamos verdadeiramente, nos sentimos bem por dentro. Como, por exemplo, ele se sentia agora!

Isso, inclusive, lhe dava ainda mais alegria.

Porque ele sabia que a maneira como os outros nos tratam é a mesma com que nos tratamos.

Isso significa que a forma como você se ama (ou não se ama) é a forma como o mundo inteiro o ama (ou não o ama)!

O que uma pessoa emite é o que ela atrai e recebe em sua vida. Por isso, todos nós precisamos prestar atenção ao que emitimos a todo momento.

Haris pensou que há mais uma maneira simples de dar à nossa vida a direção que queremos que ela tome. Essa maneira é, mais uma vez, uma pergunta que podemos fazer a nós mesmos.

Então, vamos nos perguntar:

O que estou emitindo agora para o meu entorno e para o Universo?

A resposta nos ajudará a entender por que trazemos os resultados específicos para nossa vida.

Haris sentia que havia uma luz dentro dele e confiava nessa luz, porque ela lhe dava as respostas e as orientações para tudo o que ele procurava. Ele havia se conscientizado de que **todas as respostas realmente existem dentro de nós.**

Portanto, não precisamos procurá-las fora de nós.

Basta nos conectarmos com nossa força interior, e ela as iluminará.

O bem é recompensado

Haris estava agora a apenas alguns metros de distância da casa dos pais. Sentia que já havia começado a avançar em sua nova vida.

A experiência que ele tivera com Sócrates foi a que abriu o caminho para ele.

Agora, ele a sentia intensamente dentro de si, mas queria encontrar uma maneira de preservá-la, para que pudesse recorrer a ela sempre que sentisse necessidade.

Sem esquecer nada do que havia visto, do que havia ouvido, do que havia sentido. Então, teve um pensamento maravilhoso.

Como não pensei nisso antes?, perguntou a si mesmo.

Ele poderia preservar para sempre a experiência dessa viagem ao mundo da Grécia antiga registrando em um caderno tudo o que vivera. Dessa forma, ele teria a oportunidade de estudar aquela experiência constantemente.

Porque agora sabia muito bem que, para mudar a maneira de pensar que o havia deixado em um beco sem saída até pouco tempo, ele precisava incorporar tudo o que tinha sentido nessa viagem.

Mas, para conseguir incorporar os ensinamentos, precisava estudá-los constantemente, porque cada vez que estudasse, aquela experiência se consolidaria mais dentro dele.

E precisava fazer isso já, enquanto a experiência ainda estava fresca na memória; a experiência mais valiosa de sua vida.

Precisava fazer agora, enquanto sentia uma comunicação aberta com sua força interior.

Agora era o momento certo para começar a registrar tudo o que havia vivido.

Assim, ele teria para sempre aquela experiência consigo.

Essa ideia, por si só, o inundava de alegria e impaciência.

Haris se sentia tão cheio por dentro que queria, mais do que tudo, poder compartilhar essa maravilhosa sensação de plenitude com todas as outras pessoas.

Quem dera houvesse uma maneira de se comunicar com todos e compartilhar o que ele havia aprendido, o que descobrira nessa viagem à antiga Atenas, na tarde que passou junto a Sócrates.

Ele queria dizer tantas coisas...

Sentia que as outras pessoas poderiam entendê-lo... Poderiam senti-lo...

Porque ele era um deles.

Ele também buscava o que todo ser humano busca.

A felicidade.

Levou tempo, e Haris passou por muita dor emocional até aprender que a felicidade não é uma utopia.

A felicidade existe.

Pode ser diferente para cada pessoa.

No entanto, cada um tem a oportunidade de descobri-la e avançar em direção a ela, trilhando o caminho do autoconhecimento.

E então uma ideia maravilhosa passou pela sua cabeça e fez seus olhos brilharem. Uma ideia que, quanto mais ele elaborava, mais se entusiasmava.

Em vez de registrar toda essa experiência em um diário pessoal, ele poderia escrever um livro!

Assim, ele também teria a chance de reviver essa experiência desde o início.

Ao mesmo tempo, poderia compartilhar com todos o que havia aprendido durante essa viagem, pois sentia que era algo que dizia respeito a todas as pessoas.

A escrita desse livro seria, portanto, uma maneira, a sua maneira, de retribuir o bem que ele mesmo havia recebido.

Quero muito escrever um livro que me lembre do caminho para a minha própria felicidade e que ilumine o caminho para a felicidade de cada um, pensou ele.

No entanto, é absolutamente necessária a leitura diária desse livro, para que o processo de alinhamento, a harmonização do eu Egoico com o Eu Superior, possa começar e nos conduzir ao objetivo: a felicidade de cada um de nós!

Haris estava ansioso para começar a trabalhar na realização desse desejo. Ele começaria no dia seguinte à despedida de seu pai. Era certo que a escrita do livro seria a obra mais criativa e também a mais útil que já fizera até então. Ele já havia começado a amar esse livro, mesmo antes de começar a escrevê-lo.

Haris tinha chegado à porta da casa dos pais. Ficou ali por um momento.

Agora ele se sentia forte. Verdadeiramente forte.

E tudo isso ele devia ao encontro daquela tarde, na antiga Atenas, com Sócrates.

Enquanto pensava nisso, Haris sorriu. Ele acabara de encontrar o título do livro que escreveria:

Um encontro com Sócrates.

Este livro foi composto na tipografia Minion Pro,
em corpo 12/17, e impresso em
papel off-white no Sistema Cameron da
Divisão Gráfica da Distribuidora Record.